# 红狮军团

**秦天**

来自中国，退役于雪豹突击队，后加入红狮军团。由于个人成长经历的原因，他性格孤僻、沉稳，看重朋友之间的友情。

**亨特**

来自美国，退役于绿色贝雷帽特种部队。他玩世不恭，喜欢开一些无聊的玩笑，个人英雄主义色彩鲜明。

**布莱恩**

来自英国，退役于英国皇家空军特勤队。他具有绅士风度，擅长空降突袭战术，但有些优柔寡断，也常因此丧失战机。

# 红狮军团

### 亚历山大

来自俄罗斯，退役于阿尔法特种部队。他身材魁梧，脾气火暴，眼里揉不得沙子，因此常和队友发生冲突。

### 朱莉

来自法国的女生，曾服役于法国宪兵队。她高傲强势，令众多男性望而生畏。

### 劳拉

来自德国的女生，出身贵族，为了理想从小进行各种艰苦的训练。她善解人意，散发着人性的光辉。

### 索菲亚

来自瑞士的女生。她拥有天使的脸庞，双眸澄澈，腰肢婀娜，身手敏捷，常常出其不意地对敌人发起攻击。

# 蓝狼军团

**泰勒**

来自英国，退役于特别空勤团。他冷酷、凶狠，具备超凡的作战能力，为了金钱加入蓝狼军团。

**布鲁克**

来自英国，退役于红魔鬼伞兵团。他相貌俊朗，行动敏捷，枪法过人，但生性狂妄，目中无人。

**雷特**

新加入蓝狼军团的成员，曾服役于一支邪恶的雇佣兵部队，擅长陆战。他狂妄、傲慢，是一个略显莽撞的家伙。

# 蓝狼军团

### 艾丽丝

来自美国,因一次意外被迫从海军陆战队退役,后来加入蓝狼军团。她为金钱而战。

### 美佳

一个有着许多秘密的人,曾服役于哪支部队无人知晓。她曾经接受过严格的训练,战斗技能出众,尤其擅长忍术。

### 凯瑟琳

一名优雅的冷血杀手,曾是神秘女子部队的一员。被她锁定的目标,就像接受了死亡女神的审判,几乎无人能生还。

# 战狼少年①
## 海上猎杀

八路 著

化学工业出版社

·北京·

图书在版编目（CIP）数据

战狼少年.4，海上猎杀/八路著.—北京：化学工业出版社，2019.4（2024.5重印）
ISBN 978-7-122-33624-8

Ⅰ.①战… Ⅱ.①八… Ⅲ.①儿童小说-长篇小说-中国-当代 Ⅳ.①I287.45

中国版本图书馆CIP数据核字（2019）第003317号

ZHANLANG SHAONIAN 4 HAISHANG LIESHA
战狼少年4 海上猎杀

| 责任编辑：隋权玲 马鹏伟 | 文字编辑：李 曦 |
|---|---|
| 责任校对：宋 玮 | 美术编辑：尹琳琳 |

出版发行：化学工业出版社（北京市东城区青年湖南街13号 邮政编码100011）
印  装：北京盛通数码印刷有限公司
880mm×1230mm 1/32 印张7 彩插2
2024年5月北京第1版第7次印刷

购书咨询：010-64518888　　售后服务：010-64518899
网    址：http://www.cip.com.cn
凡购买本书，如有缺损质量问题，本社销售中心负责调换。

定　价：25.00元　　　　　　　　　　版权所有　违者必究

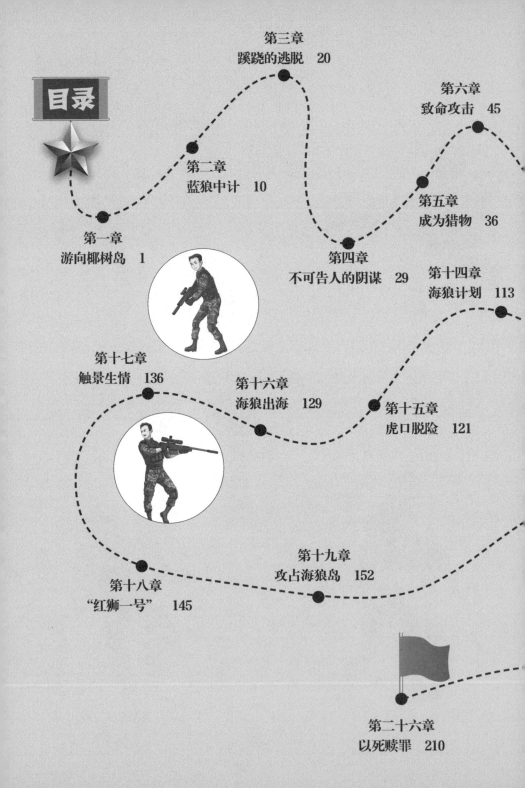

第九章
中途休息 70

第十章
一场噩梦 78

第八章
人力潜艇 63

第十一章
屠杀海豚 86

第七章
痛失战友 54

第十二章
潜入海豚湾 96

第二十一章
油井下的玄机 169

第十三章
爬上轮船 105

第二十章
追踪海狼 160

第二十二章
神秘之所 178

第二十三章
诱敌战术 186

第二十四章
猎杀海狼 196

第二十五章
疯狂的举动 203

第一章

## 游向椰树岛

　　一艘巨大的轮船游弋在蓝色的大海上。从海面看去，它就是一艘普通的大型货轮，但是如果从空中俯视下去，则会发现其中暗藏洞天。轮船的甲板上正站着几个全副武装的雇佣兵，他们衣服的颜色与蔚蓝的大海融为一体，从高空看去就像海中的一小朵浪花，或者一滴水。

　　"兄弟们，带上这些家伙，在水下能派上用场。"说话的是布鲁克。原来这艘船是蓝狼军团的一艘神秘军舰。而布鲁克正分发给雇佣兵的则是一种新型的武器——水下手枪。

　　蓝狼军团奉命，即将去执行一项绝密的任务，而且要采用水下秘密潜伏的方式。所以，水下手枪必然成为不可缺少的装备。

　　艾丽丝接过水下手枪，发现这种枪并没有弹夹，那

么它的子弹是如何装进去的呢?她仔细研究之后才发现,原来在粗粗的枪管位置已经提前密封好了四枚子弹,击发的时候这四枚子弹轮流转动,依次被发射出去。

"如果这四发子弹打完了怎么办?"美佳掂着这把有些沉的水下手枪,似乎对它的性能并不满意。

布鲁克右手握枪,一边示范一边说:"这枪只是在水下对付鲨鱼,或者偶然遇到敌人时使用的。要知道,在水下使用的枪械必须进行密封,所以这四发密封子弹打完之后,它的使命也就完成了。"

"对了,还要提醒各位,这种枪在水下的射程只有20米,所以不要在远距离开火,否则等于白费。"布鲁克补充道。

"喊!什么破玩意儿。"雷特不屑地说。他甚至觉得这把枪有些累赘,还不如随身携带的匕首好用。雷特是新加入蓝狼军团的,他的实力大家还不甚了解。

宽大的甲板上开始裂出一道缝隙,而且越来越大。从裂开的缝隙中慢慢地升起一艘小艇,小艇的右侧船舷

上固定着一支火力威猛的机枪。轮船上的起重臂将小艇吊起,然后放到了海面上。

布鲁克朝大家一挥手,气势十足地喊道:"出发!"

泰勒面带微笑,一脸轻松。对他来说,这次行动绝对是有史以来最容易,也是最有动力的一次,因为他们的对手不是特种兵,而是世界上数一数二的富翁——克罗斯。蓝狼军团派出精干力量去对付大富翁克罗斯,其目的可想而知,无非是想劫持他,勒索大把大把的钞票。

顺着轮船上放下的绳索,蓝狼军团的雇佣兵已经滑落到小艇上。布鲁克发动小艇,马达声立马打破了海面的平静。在一脚油门之后,小艇像离弦之箭一般射了出去,很快便消失在了海天之间,只在海面上留下了一道还未平息的波纹。

似火的骄阳无遮无拦地照射到海面上,蒸腾而起的热气令视线变得模糊,凯瑟琳透过具有滤光功能的战术眼镜,观察着海面的情况。深蓝的海域看似平静,却在海底深处隐藏着随时可以翻天覆地的波澜。潜艇如同深

海怪兽，无声无息地在海面下潜行，并随时可能对敌人发起迅雷不及掩耳的攻击。

在蓝狼军团驾驶的小艇上装有一个声呐探测器，它能捕捉到海面下潜行的"怪兽"。通过小艇上的一个显示器，泰勒时刻观察着电磁信号的变化，并做好了随时投入战斗的准备。

"咱们不就是去绑架一个富翁吗？你们几个是不是太过紧张了？"雷特觉得动用这些装备真是小题大做。

"你别把任务看得太简单了。"布鲁克想教育一下这位刚加入不久的队员，"虽然这次行动是去绑架富翁，但我们也许会遇到老对手。"

雷特不以为然："那是因为他们没遇到我。"他的这句话有些狂妄，令蓝狼军团的其他人心生不满。

"你的意思是说我们都是饭桶，所以才会败在红狮军团手下？"泰勒怒火中烧，真想一脚将这个目中无人的新成员踹到海里去。

雷特还是那副傲慢的表情，他不紧不慢地说："你们

就等着看我如何收拾红狮军团的那几只病猫吧！"

"哼哼！"泰勒从鼻孔里发出了一声怪调，"那我们就拭目以待了。"

凯瑟琳手持望远镜，透过缭绕的水蒸气看到了远处海面上的一座小岛。她知道那里就是这次行动的目的地——椰岛。在小岛上几棵高大的椰子树格外显眼，成为了辨别椰岛的标志性物体。

布鲁克关闭了小艇的发动机，小艇在海面上滑行了一段距离便停止了前进。"全体注意，马上进行第二阶段的行动。"布鲁克下达了命令。

布鲁克所说的第二阶段的行动，就是在靠近椰岛后，他们将换上蛙人服，通过潜水的方式到达椰岛。之所以这样做，是因为小艇距离椰岛太近，就会被岛上的人看到，从而无法隐蔽而突然地发起攻击。身为世界级的富翁，克罗斯所到之处必有保镖相随。这些保镖也都是从退役特种兵中精选出来的，还特别接受了为雇主挡子弹的训练。面对身手不凡的保镖，蓝狼军团不敢掉以轻心，

于是才选择了秘密潜水到达椰岛的方法。

蓝狼军团已经换好了蛙人服,每个人的背上还背负了一个小型的氧气瓶,足够他们在水下潜游一段时间了。在随身携带的防水背包中,各种岛上作战的武器一应俱全,而水下手枪则紧紧地握在他们的手中。海面上冒起了一股股的气泡,蓝狼军团的雇佣兵消失不见了。没有人能发现这些在海面下游行的危险人物,他们是为了金钱无恶不作的杀手。

椰岛上,一棵高大的椰子树下放着一张躺椅。一位五十岁左右的男子,穿着泳裤,戴着墨镜,悠然自得地躺在躺椅上。椰树遮挡了阳光,海风徐徐吹来,就像在亲吻男子的皮肤。他手拿一个大大的椰子,通过一根吸管将里面的椰汁源源不断地吸进口中,尽情地享受着椰岛风光。这位男子便是大富翁克罗斯,他丝毫没有察觉到海面下的危险正一米米地向他靠近。

在海面之下,蓝狼军团的雇佣兵正全速向椰岛潜游。突然,一个庞然大物迎面游来。布鲁克的身体为之一颤,

赶紧朝其他人打手势。其他人也看到了这个凶猛的庞然大物。它拥有一条橡皮艇般的身躯，尖尖的头顶下是一张向后裂开的大嘴，足可以将一个人活活地吞进肚子里去。没错，这是一条大鲨鱼。椰岛周围的海域是鲨鱼的游乐场，它们在这里畅游、捕猎，所以凡是到椰岛度假的游客只在岛上休闲，却从不下水游泳。

在这次行动之前，蓝狼军团对椰岛附近的海域进行过详细调查，当然知道在这里可能会遇到鲨鱼。但是，为了保证行动的隐蔽性，他们又不得不冒这个险。不过，他们从不打无准备之仗，手中的水下无声手枪此时正好派上用场。大鲨鱼似乎并不把这几个穿着蛙人服的家伙放在眼里。它可是这片海域的霸王，在此处横行惯了，扭动着身躯径直朝蓝狼军团的雇佣兵冲撞而来。

游在最前面的布鲁克和艾丽丝分别向两侧躲闪，并不急于开枪射击。鲨鱼虽是凶猛的海洋动物，但它们往往不会主动攻击人类，所以布鲁克和艾丽丝不想多此一举。

鲨鱼从躲闪的人群中冲撞而过，没想到迎面一个不要命的家伙却和它较上了劲儿。雷特并没有像其他人那样躲避鲨鱼，而是主动迎了上去。在氧气罩后面，雷特露出狞笑的表情，毫不犹豫地扣动了扳机。子弹从密封弹筒中喷射而出，顶着海水的阻力，形成一道清晰的水柱，直奔鲨鱼而去。

鲨鱼当然不知道什么是子弹，它还以为那是一条不知死活，游向自己的小鱼。于是，它张开了血盆大口，准备一口将这条"小鱼"吞下肚子。子弹径直飞进了鲨鱼的嘴里，穿入了它的食道。这种子弹的威力可不仅仅如此，只听嘭的一声响，子弹在鲨鱼的肚子里爆炸了。这便是这种子弹的独特之处——弹头里隐藏着一枚微型的炸弹。

微型炸弹在鲨鱼的肚子里发生爆炸，它的五脏六腑必定会在瞬间七零八碎。鲨鱼痛苦地扭动着身躯，至死也想不明白这条不起眼的"小鱼"为何会有如此大的威力。鲨鱼垂死挣扎，在海面下制造了一阵阵的旋流，海

面上也跟着掀起了波澜。站在克罗斯身旁的保镖通过望远镜清晰地观察到了海面上的变化。这名保镖退役于海军陆战队，有着丰富的海上作战经验，他一眼便看出了海面上的异常。

保镖弯下身子，贴近克罗斯的耳边小声地说了几句。克罗斯的脸上先是露出了阴险的笑容，紧接着突然将笑容收敛，藏在墨镜后面的眼睛眯成了一条缝。

"该来的终于来了。"克罗斯冷冷地说。

# 第二章

## 蓝狼中计

蓝狼军团的雇佣兵在杀死了那条倒霉的鲨鱼之后,继续向椰岛潜游。雷特的冒失之举令其他人极为不满,尤其是布鲁克,他可不喜欢擅作主张的手下。没多久,他们便浮出了水面,悄悄地爬上椰岛,躲在几块巨大的礁石后面,将身后的防水背包卸下,从中取出了武器。

美佳趴在礁石后,探出头来,手拿望远镜向远处望去,寻找着克罗斯的踪影。在一棵椰树下,她看到了一位穿着碎花短裤的中年男子。这名男子正拿着一本时尚杂志,整个脸都被挡住了。

"这个人到底是不是克罗斯?"美佳自言自语地说。

艾丽丝拿出克罗斯的照片,描述着这个人的外貌特征:"他是中等身材,略有小肚腩,圆脸庞,戴一副无框近视镜……"

"停停停！"美佳连连喊道，"我看不到他的脸，你说这些都没用。从照片上看，他身上有没有什么明显的标记？"

艾丽丝仔细观察克罗斯的这张照片，惊喜地说："他的右手背上有一块明显的红色胎记。"

"就是他！"美佳肯定地说。这个人手拿杂志，虽然挡住了脸，但是手背却正好对着美佳。通过望远镜，美佳清晰地看到他的右手背上有一大块红色的胎记。

"肥肉就要到嘴了，兄弟们跟我来。"布鲁克显然难以抑制兴奋，他知道世界级的富翁随便拔下一根毫毛来，都够普通人享用不尽。

蓝狼军团的雇佣兵分为两个战斗小组：布鲁克、泰勒和艾丽丝为第一战斗小组，位于前方；美佳、凯瑟琳和雷特为第二战斗小组，在第一战斗小组后方跳跃式跟进，负责掩护作战。

雷特因为被分配到了第二战斗小组，所以有些不满。他认为自己的实力超过了其他人，放在后援战斗组里简

直是浪费人才。其实，布鲁克是有意这样安排的，通过这次行动他对这位刚刚加入的新成员有了初步的认识，正在利用一切机会打压雷特的嚣张气焰。

布鲁克弯着腰，将身体压得很低，双手端着一支突击步枪，利用礁石的遮蔽，神不知鬼不觉地向克罗斯靠近。泰勒和艾丽丝分别位于布鲁克的两侧，警觉地观察着克罗斯周围的情况。

泰勒感觉到有些奇怪，因为他只看到了克罗斯一个人，这不太符合常理。按照泰勒的推断，一位世界级富翁的身边必然会随时跟着几名保镖，可现在的场面完全颠覆了泰勒的判断。莫非其中有诈？泰勒心中不由得升起了这一念头。想到这里，他靠近布鲁克小声地说："我觉得有些不对劲儿，咱们不会中计了吧？"

布鲁克也正在犯嘀咕，听泰勒如此一说，便趴在距离克罗斯不到十米远的一块大礁石后面犹豫起来。"别着急，我们再观察几分钟。"布鲁克轻声地对趴在身旁的泰勒和艾丽丝说。

泰勒悄悄地将头探出礁石，在如此近的距离可以将克罗斯看得更清楚。现在的位置与开始时发生了很大的变化，此时他看到的是克罗斯的侧面。但是即便如此，泰勒依旧看不到克罗斯的脸，因为那本杂志已经完全扣到了克罗斯的脸上。

这是巧合吗？泰勒心想：也许这个人已经发现了我们，所以才会故意将脸挡起来。如果真的是这样，那这个人一定不是克罗斯。如果这个人不是克罗斯，那我们的处境就危险了。

不仅泰勒这样想，布鲁克也被同样的问题困扰着。所以，他一直没有下达出击的命令，而是想寻找机会看个一清二楚。可是，有一个人已经按捺不住了，他就是雷特。美佳、凯瑟琳和雷特正隐藏在第一战斗小组的后面，距离也就是十多米。雷特见第一战斗小组已经靠近了克罗斯，却迟迟不肯采取行动便再也忍不住了，他竟然没有跟任何人打招呼，便突然站起身来像豹子一样蹿了出去。

　　布鲁克看到一个身影从眼前闪过，当他看清这个人是雷特的时候已经无济于事了。雷特在布鲁克还没有做出任何反应的时候，已经到达了克罗斯的身边，将枪口对准了他的脑袋。

　　雷特惊人的冲击速度不得不令其他人佩服，当然这丝毫没有让他们减轻对雷特的厌恶之感。在其他人看来，雷特此举是莽撞的，如果中计无异于自投罗网。不过，既然雷特已经出动了，其他人也就等于被逼上梁山，不得不硬着头皮出动了。

　　布鲁克不愧是一位优秀的领导者，在如此慌乱之际，他做出了一个英明的决定："艾丽丝，你和后面两个人留在原地按兵不动。"

　　说完，布鲁克朝泰勒一挥手，示意他和自己冲锋陷阵。布鲁克和泰勒一左一右，快速地冲到了雷特的身边，一个人面朝右，一个人面朝左，将枪端起，警惕地进行防护。而他们的后方则留给了继续隐藏的那三个人来负责保护。

雷特的枪口对准了克罗斯的脑袋，而克罗斯似乎并不惊慌，那本时尚杂志依旧盖在他的脸上。雷特想这家伙不会睡着了吧，于是用枪管将盖在克罗斯脸上的杂志挑开。杂志掉在沙滩上，克罗斯露出了庐山真面目。被挑掉脸上的杂志后，这个人仍然保持着镇静，最令雷特无法忍受的是，他嘴里竟然在不停地嚼着口香糖。

这意味着什么？这意味着此人根本没把雷特放在眼里。雷特开始怀疑这个人不是克罗斯，因为面对黑洞洞的枪口，一位富翁不可能无动于衷。无论如何，面对赤裸裸的蔑视，雷特已经忍无可忍了。他将枪口死死地顶在这个人的脑袋上，大声地吼道："你到底是谁？"

这个人将口香糖捣鼓到嘴边，用力地吐了出去，正好粘在了泰勒的头发上。泰勒上前一步，恶狠狠地盯着他，继续问道："快说！你是谁？不然送你上西天。"

"我是克罗斯。"这个人不紧不慢地说。

布鲁克端详着这个人的面容，的确从相貌上看这个

人和照片上的克罗斯一模一样。可是,他总觉得这个人有问题,而问题出在哪里他一时半会儿也想不明白。

"既然你是克罗斯,那我们就找对人了。"雷特说着掏出绳索,"请你跟我们走一趟吧!"

这个人躺在躺椅上,丝毫没有动弹的意思:"凭什么让我跟你们走?"

布鲁克终于找到了破绽——这个人说话的声音太年轻了。克罗斯是一位五十岁左右的中年人,不可能是如此年轻的声音。

"你不是克罗斯!"布鲁克上前一步,一把抓到这个人的脸上,用力一扯。

"刺啦——"一张脸皮被扯了下来。原来这个人真的不是克罗斯,而是一个戴着克罗斯脸庞面具的人。

"是你?"布鲁克当时就傻眼了。这个人他再熟悉不过了,他就是红狮军团的亨特。

"哈哈哈——"亨特一阵狂笑,"我已经等你很久了。"

布鲁克知道大事不妙,赶紧大喊一声:"快撤!"

雷特可不想就这样逃跑了，他手中的枪可还顶在亨特的脑袋上呢！他要在临走之前把这个假扮克罗斯的家伙干掉。

亨特自然不会将自己葬送在雷特的枪口之下，他的右手轻轻地触碰了一下躺椅的扶手。突然，躺椅发生了180度的翻转，亨特被转到了躺椅的下面。雷特措手不及，慌乱中扣动了扳机，可是躺椅竟然有防弹功能，子弹没有伤害到亨特。

就在亨特成功逃离了雷特的枪口之后，周围的沙地上突然冒出几个人。他们纷纷将枪口对准了雷特、泰勒和布鲁克。这几个人便是事先将自己埋在沙滩中的秦天、布莱恩、亚历山大、朱莉、劳拉和索菲亚。

原来，红狮军团早就潜伏在了椰岛，只等着蓝狼军团自投罗网呢！他们并没有急于开枪，因为他们的目的不是干掉蓝狼军团，而是从蓝狼军团的口中得到宝贵的情报。他们知道蓝狼军团绑架克罗斯的目的无非是要勒索大量的钱财，而这些钱将用于一项耗资巨大的秘密行

动。这才是红狮军团想知道的。

"你们逃不掉了,乖乖地束手就擒吧!"秦天举着枪说。

布鲁克向后倒退两步,本想转身逃跑,却发现一个"大块头"已经站到了自己的身后。这个人是亚历山大,他手持野牛冲锋枪截断了蓝狼军团的后路。

布鲁克看了看泰勒和雷特,见已经无路可退,反而变得更加冷静了。他微微一笑,寒暄道:"各位老朋友,没想到咱们又见面了,而且是在美丽的椰岛上。"

"呵呵,别来无恙啊!"亨特早就从躺椅的下面出来了。他依旧是那副玩世不恭的表情:"很久没有见到蓝狼军团甚至有一种'思念'的感觉。"

"你们怎么会在这里?"布鲁克问,"克罗斯呢?"

不知道什么时候亨特的嘴里又放进了一块口香糖,他吧唧着嘴说:"至于我们为什么会在这里,你不必知道,不过我可以告诉你克罗斯在哪里。"

说着,亨特伸手指向了远方。顺着亨特手指的方向

望去，蓝狼军团的雇佣兵看到一个人正坐在遮阳伞下，手持望远镜看着他们。

原来克罗斯一直在作壁上观，这里发生的一切都在他的掌控之中。

# 第三章

# 蹊跷的逃脱

布鲁克看到真正的克罗斯正在远处看着他们,虽然他看不清克罗斯的表情,但却能想象到一个猎手看到猎物进入陷阱后的兴奋心情。虽然布鲁克、泰勒和雷特被红狮军团围困,但布鲁克却并非真的没有对策了。一个经验丰富的战斗团队绝不会在执行任务时倾巢出动,别忘了美佳、凯瑟琳和艾丽丝还隐藏在后面呢。

布鲁克在寻找着最佳的逃跑时机,所以他一直没有向后面的三个人发出支援作战的信号。逃跑也是一门学问,如果慌不择路定会损失惨重。

亨特已经迫不及待地要收网了,他对蓝狼军团喊道:"识时务者为俊杰,你们还是乖乖地束手就擒吧!"说着,他一挥手,红狮军团开始缩小包围圈,准备将这三个人拿下。

红狮军团越靠越近，眼看就要将蓝狼军团的三个人擒获了。布鲁克有些沉不住气了，他将一只手悄悄地伸到背后，准备向隐藏的那三个人发出攻击命令。

这是非常冒险的举动，因为泰勒、布鲁克和雷特已经完全在红狮军团特种兵的控制之下，一旦美佳、艾丽丝和凯瑟琳开枪营救，红狮军团定会毫不留情地下死手。

"啊——"

正当蓝狼军团处于生死危机的关头，突然红狮军团中传出一声惨叫。此时，所有人的神经都处于绷紧的状态。这声惨叫，等同于在绷紧的神经上划了一刀。几乎所有的红狮军团都不由自主地向发出惨叫声的人看去，他们看到朱莉正面朝下栽倒在沙滩上。

这一千载难逢的时刻给蓝狼军团带来了逃跑的机会。布鲁克立刻将背后握紧的拳头突然张开，这是发起攻击的信号。隐藏在后面的三个人看到信号后，立即向红狮军团开火了。枪声突然响起，红狮军团的人纷纷卧倒躲避子弹。

"快跑!"布鲁克大喊一声。

泰勒和雷特朝海边跑去。雷特的速度的确无人能比,他不仅进攻时候迅雷不及掩耳,就连逃跑的时候也是风一般的速度。转眼间,他已经跑到了海边,一头扎进了海水里。

红狮军团的特种兵倒在沙滩上翻滚躲闪,同时向逃跑的蓝狼军团开枪射击。秦天翻身滚到了那张躺椅的后面,迅速捕捉逃跑的目标,发现布鲁克正纵身向海中跳去。举枪、瞄准、射击,这一系列的动作在瞬间完成,子弹在枪膛中旋转加速,从枪口喷射而出,飞向了布鲁克。

布鲁克的身体刚刚从地面腾起,便感觉到后肩像被人用榔头砸进了一根钉子,直刺入骨骼,扑通一声栽倒在水中。早已跳入水中的雷特一把拽住了布鲁克,用力将其向水下一拉,两个人同时消失在海面上。负责掩护的那三位蓝狼军团队员也已经利用礁石的掩护,且战且退,潜入了蓝蓝的海水中。

战场变化得太快了,几乎是在一秒钟之内改变了原

有的态势,一场本已稳操胜券的战斗,却瞬间功亏一篑。朱莉,问题的源头是朱莉。其他人都将目光转向了这个焦点人物。朱莉虽然早已经离开了她摔倒的那个位置,但沙地上还完整地留着她身体的形状。

"到底是怎么回事儿?"亨特很少如此严厉地质问一名女生。他甚至吐掉了嘴里一贯嚼着的口香糖,看来是已经愤怒了。

朱莉一脸无辜,似乎她也是一位受害者:"都是那个倒霉的空椰子壳,我被它绊倒了。"

这个理由让所有人都为之抓狂。一名特种兵在行动的时候,竟然被沙滩上的椰子壳绊倒,然后因此放走了已经进入口袋里的敌人。那个插着吸管的椰子壳依旧静静地躺在沙滩上,它似乎在向红狮军团挑衅。亚历山大愤怒地走到椰子壳前,一脚踢了上去,大喊道:"是哪个没公德的家伙到处乱扔垃圾?"这一脚力量够猛,空椰壳飞到空中,落入大海,成为了一个"漂流瓶"。

索菲亚走上前去,拍了拍亚历山大的肩膀,说道:

"兄弟消消气，椰壳是谁扔的并不重要，重要的是被椰壳绊倒的人是不是故意的。"

这句话一下子将朱莉激怒了，她冲到索菲亚跟前，两个人的脸几乎撞到一起了。"你这句话是什么意思？必须给我说清楚。"朱莉怒气冲冲地问。

"哼哼！"索菲亚冷冷地一笑，"真的要我把话说明了吗？"

"我问心无愧，不怕你胡言乱语。"朱莉一向争强好胜，何时受过这样的委屈。

"那我就不客气了。"索菲亚操着怪怪的腔调说，"如果说一个蹒跚学步的孩子被椰壳绊倒我绝对不会怀疑，而你则是一名受过严格训练的特种兵，却被小小的椰壳绊倒，并且是在如此关键的时刻，你说这到底合不合情理？"

索菲亚咄咄逼人地看着朱莉。她早就看朱莉不顺眼了，而这次看似意外的事件，更加让她对朱莉产生了怀疑。

"你……你！"朱莉的脸憋得通红，一只手指着索菲亚的鼻子，一时间说不出话来。

"你什么你？我看你是理亏词穷，难以自圆其说了吧！"索菲亚的话像刀子一样，一刀刀地刺到了朱莉的心里。

从未向人低过头的朱莉如今被奚落得没有还嘴的余地。这种羞辱让朱莉萌生了杀意，她突然将枪举起对准了索菲亚的胸膛，恶狠狠地说："信不信，我一枪杀了你？"

索菲亚看似娇柔，清澈的眼神能瞬间迷惑对手，而实际上却外柔内刚，根本不会被朱莉吓倒。她不但没有退步，反而迎着枪口向前顶了一下，并讥讽道："我信，我当然信你会杀了我。杀人灭口是心虚者一贯的做法。"

朱莉真的被激怒了，她的手指已经触碰到了扳机上。"冷静，千万要冷静，冲动是魔鬼。"亚历山大现在倒是冷静下来了。

在远处的遮阳伞下，克罗斯看着沙滩上发生的一切，微微一笑，没有人能猜出他到底在想什么。

"椰子。"克罗斯对身边的保镖说,同时伸出了一只手。

保镖将一个插好吸管的椰子放到了克罗斯的手中。这是克罗斯最爱喝的天然饮料。他一口气便将椰子里的椰汁吸完了,随手将空空的椰壳丢到了沙滩上。

朱莉是被椰子壳绊倒的,但绝非故意所为。面对索菲亚的猜疑,朱莉的自尊心受到严重伤害,说不定真的会做出失控的事情。一个人的手突然抓住了朱莉的枪管,将其从索菲亚的身体上移开。这只手纤细柔滑,透露着一种高贵的气质。

朱莉看着多管闲事的劳拉,心生厌恶。在红狮军团中,朱莉一直是位高傲的女王,而劳拉则像一位知心姐姐,似乎所有人都喜欢和劳拉亲近。这令朱莉心生嫉妒,怀恨在心。

"你又来充当老好人了。"朱莉话中带刺。

劳拉当然能听出朱莉的言外之意,但并不与她计较。她将朱莉手中的枪口推到朝向地面的角度,然后松开手,转身对索菲亚说:"今天的事情是你不对,你应

该向朱莉道歉。"

"难道她拿枪口对着我就对了吗？"索菲亚怎肯认错。

布莱恩担心劳拉腹背受敌，赶紧上来劝解："都是自己人，何必较真。"

索菲亚冷冷地说道："是不是自己人还不一定呢！"

本已压下怒火的朱莉再次火焰喷发："你血口喷人！"说着，一拳朝索菲亚打来。

布莱恩挡在索菲亚身前，这一拳正打在他的左胸。朱莉没想到布莱恩会替索菲亚挡这一拳，心想布莱恩一定是被索菲亚的美貌所迷惑了。于是，朱莉变得更加恼火，她觉得所有人都站在索菲亚那一边，合伙在跟自己作对。

敏感的朱莉多心了，布莱恩绝对没有帮助索菲亚的意思。他只不过不想看到事态升级，所以才用身体挡住了朱莉的拳头。索菲亚虽然没有挨到这一拳，但是面对朱莉的武力挑衅，她也脱掉了外套，准备教训一下这位高傲的霸道女王。

"住手！"秦天突然跳到了两人中间，"你们不觉得今天的事情太蹊跷了吗？我们也许遭人暗算了。"

秦天此言一出，令大家发热的头脑顿时冷静下来。

亨特又从口袋里掏出口香糖，扔进了嘴里，清甜的味道会令他清醒很多。

"要把今天的事情弄清楚，我们只能去问一个人，那就是克罗斯。"秦天继续说。

第四章

# 不可告人的阴谋

红狮军团的特种兵向遮阳伞的方向望去，克罗斯仍旧坐在下面享受着他的椰岛之旅。这位富翁果然不同寻常，岛上发生的战斗对他并没有什么影响，他似乎已经对这一切司空见惯了。

红狮军团之所以会出现在椰岛，是因为他们收到了克罗斯的邀请。克罗斯对他们说，蓝狼军团近期正在海上进行一项秘密的活动，而要知道这个秘密的最佳办法就是在椰岛上伏击蓝狼军团。很显然，克罗斯早就知道蓝狼军团会来椰岛绑架他，所以他才会将红狮军团邀请到小岛上来，这是一个借刀杀人的好办法。秦天满腹疑云，急迫地想让克罗斯给出一个合理的解释。

红狮军团向克罗斯走去，那里有他们想要的答案。克罗斯的保镖上前一步拦住红狮军团，他的块头像一堵

墙将克罗斯挡在身后。

"闪开!"克罗斯命令保镖。

保镖非常听话,身体一闪,站到克罗斯的身旁,但丝毫没有放松警惕,右手一直握着一把子弹已经上膛的枪。

克罗斯不紧不慢地抬起头来,藏在墨镜后面的眼睛仔细打量着这几位年轻人。"我会告诉你们想知道的一切。"克罗斯欠了欠身子,目光停留在扔在沙滩上的那个空椰子壳上。

那个空空的椰壳好像变成了一个幽深的时空隧道,将克罗斯拉到了半年前。于是,红狮军团便听到了这样一个故事。

克罗斯的财富几乎来源于一夜之间,所以用"一夜暴富"来形容他最合适不过了。他本来只是一个小有成就的石油开采商,半年前他在海上开发了一个规模不大的石油项目。当他的公司在海上搭建起采油平台,并将钻头伸向海底的时候,幸运之神降临了。

这片海域的石油储量远远超过了原先的勘探,其所

蕴藏的石油价值一夜间令克罗斯变成了屈指可数的世界富豪。而当初,克罗斯买下这片海域的石油开采权所花费的钱几乎可以忽略不计了。

至于克罗斯是如何发财的,红狮军团并不关心。他们更想知道的是,蓝狼军团为何要绑架克罗斯,而克罗斯又是如何得到消息的。

克罗斯继续讲着他的故事。在克罗斯的石油钻井平台开采不久,一件令他意想不到的事情发生了。一天,海面上突然浮出了一艘潜艇。从潜艇上出来一群荷枪实弹的雇佣兵,他们登上克罗斯的石油钻井平台,命令钻井立刻停止工作。这群人便是蓝狼军团的雇佣兵,他们之所以出现在这里,是因为他们正在这片海域的海底进行一项军事研究项目。蓝狼军团声称石油开采影响了他们的研究项目,要求克罗斯立刻停工并赔偿损失。面对武装人员,克罗斯别无选择,只好赔偿了一大笔钱,暂时让蓝狼军团离开了。但事情并没有结束,如果油井停止工作,克罗斯便无法获得财富。于是,克罗斯也聘请

了雇佣兵在海上保护自己的油井。

蓝狼军团自然不会善罢甘休,于是他们开始了绑架克罗斯的行动。这样既可以索取大笔赎金,又可以迫使他的公司停止石油开采。而这次椰岛的绑架行动,早就被克罗斯的手下获取了信息,所以他才会将红狮军团请来。

克罗斯讲完自己的故事,用渴望的眼神看着红狮军团说:"我想雇佣你们,帮我赶走蓝狼军团。"

亨特笑着对克罗斯说:"对不起,也许你找错人了。我们不会接受你的雇佣,除非你有更加令我们感兴趣的理由。"

克罗斯早就意料到了这个结果,他站起身来,很有把握地说:"我当然有令你们更感兴趣的理由。你们知道蓝狼军团正在秘密进行什么研究吗?"

这句话倒是吊起了红狮军团的胃口。一双双眼睛直勾勾地盯着克罗斯,等待着答案。克罗斯知道自己的计划就要得逞了,故意停顿了片刻,这就叫欲擒故纵。

亚历山大急得真想一把揪住克罗斯的衣领，把他的话从嘴里抠出来。克罗斯又慢慢地坐下，只从嘴里吐出了三个字："核导弹。"

克罗斯虽然只吐出了三个字，但这三个字如同重磅炸弹，在红狮军团成员的脑海里轰的一声爆炸了。

"你是说蓝狼军团在秘密地研制核导弹？"秦天怀疑地问。

"没错，他们正在研制核导弹，而且是可以在海底下发射的核导弹。"克罗斯加快了语速，"他们之所以要绑架我，最主要的原因其实是想勒索钱财，来满足研究核导弹需要的资金。"

"原来是这样！"亨特点着头，"如果是这样的话，也许我们应该帮助你。"

"其实，你们不仅是在帮我，更是在帮你们自己。"克罗斯不愧是一位商人，能够时刻把握谈判的价码，"如果蓝狼军团成功研制出了核导弹，他们便可以攻击世界上任何一个地方，那后果可就不堪设想了。"

"放心,我们不会要你一分钱的。"劳拉听出了克罗斯的言外之意,"当然我们也不会刻意地去保护你,因为在海上开采石油也是破坏生态环境的行为。"

"对,我们要做的事情是找到蓝狼军团的海底研究所,摧毁他们的核导弹研制计划。"索菲亚说完将和朱莉打架时脱掉的外套重新穿上,转身对亨特说:"我想咱们应该离开这里了。"

亨特当然不想和克罗斯这个精明的商人纠缠,不过在离开之前他想问清楚一件事情:"你们的海上油田在哪里?"

"海豚湾。"

亨特虽然没去过这片海域,但却对这个名字并不陌生。海豚湾是一片神秘的海域,那里的海水深蓝,鱼虾丰富,是海豚喜欢生活的地方。

"你也够缺德的。"亨特厌恶地看了克罗斯一眼,"世界上为数不多的纯净之地竟然也被你用来开采石油了。"

亨特转身带领队员们离去。克罗斯看着红狮军团的

背影发出了一阵阵冷笑，事态的发展均在他的掌控之中。没有人知道克罗斯到底想做什么，总之一个能成为世界级富翁的人绝没有那么简单。

在椰岛另一侧的海边停泊着一艘橡皮快艇，它是红狮军团的海上交通工具。索菲亚坐在船头，朱莉坐在船尾，两个人显然有意保持距离，看来裂痕在两者之间已经越来越大了。

克罗斯手拿望远镜看着橡皮快艇在海面上疾驰而去，嘴角微微上扬，对身边的保镖说："按二号方案进行。"

"是！"保镖立刻掏出手机，拨通了一个电话号码，说："红狮军团的橡皮艇已经驶离椰岛，注意严密跟踪，一定会有大收获。"

说完，保镖挂断了电话。此时，红狮军团的橡皮快艇已经消失在了他们的视线之中。

第五章

# 成为猎物

亨特驾驶着快艇在海面上飞驰,他们要去一个神秘的地方。那里是红狮军团的潜艇基地,至今未被任何敌对组织发现。至于亨特为何急匆匆地赶往潜艇基地,原因只有一个,那就是他要驾驶一艘潜艇深入海底,去寻找蓝狼军团的海底军事研究所。据克罗斯所说,蓝狼军团的海底军事研究所应该位于海豚湾的海底,而要想摧毁这个邪恶的研究所只能依靠潜艇了。

在空中有一只神秘的"眼睛"正紧紧地盯着红狮军团的踪迹,那是一架高空无人侦察机。此时,这架无人侦察机正在两万米的高空飞行,而海面上红狮军团驾驶的这艘小艇完全在它的监控之下。

红狮军团驾驶快艇在茫茫的海面上行驶,根本不可能发现两万米的高空中有这样一只"大鸟"正在监视他

们。在一艘大型货轮的船舱里,一个高分辨率的显示屏将无人机传回的图像显示出来。不仅是红狮军团的那艘小艇,就连上面的每一个人都被看得一清二楚。从画面上看,橡皮快艇已经停止了前进。很快,一艘潜艇浮出水面。红狮军团的特种兵从橡皮艇上转移到潜艇中,然后潜艇便下沉到了海面之下。

当这个画面结束之时,有几个人推开了船舱的门,为首的人肩膀还在流血,这个人正是布鲁克。艾丽丝赶紧在船舱里翻找纱布和止血药,为布鲁克包扎伤口。

雷特对布鲁克的负伤心怀愧意,主动道歉说:"这次行动都是我太鲁莽了,要不然你也不会受伤。"

布鲁克并没有怪雷特,而是冷笑道:"舍不得孩子套不来狼,受点伤也是值得的。"

泰勒坐在显示屏前敲击着键盘,观察无人机传回来的情报资料。他两眼放光,终于抑制不住兴奋,大喊了一声:"太棒了!"

其他人呼啦一下子围过来,脸上都露出了胜利者的

笑容。布鲁克甚至感觉到伤口已经不痛了，他命令道："立即出动！"

一切都在按照蓝狼军团的计划发展，他们似乎已经看到了后面将要发生的画面。刚刚回到轮船的蓝狼军团雇佣兵顾不得喘口气，立刻向轮船的停机舱跑去。

这艘货轮真是暗藏玄机，在它的内部竟然隐藏着一个可以停放几架飞机的停机舱。泰勒曾是战斗机飞行员，他坐进一架反潜飞机的座舱内，准备出动了。蓝狼军团的雇佣兵均已进入机舱，反潜机由一架升降机慢慢托起，从船舱中上升到甲板的高度，与甲板对接到一起。由于这是一艘货轮，甲板并没有像航空母舰上的甲板那样长，因此滑跑的飞机无法在这里起降。但是不用担心，这架反潜飞机并不需要滑跑，因为它能够垂直起降。泰勒操作驾驶舱面板上的一个按钮，反潜机腹部出现了一个向下喷火的出口，就像火箭起飞时那样，将这架反潜机从甲板上垂直地向上托起。

当反潜机距离甲板十几米高后，泰勒向后拉动操作杆，飞机尾部的发动机喷管向后喷出火焰。反潜机开始加

速并升入空中，没多久从甲板上看去就变成了一个小黑点。

红狮军团的特种兵进入的这艘潜艇名叫"庇护号"，是潜艇基地中最出色的一艘潜艇，能够在海面下以非常低的噪声航行，敌人的探测设备很难发现它。进入"庇护号"，潜艇操作员开始进行下沉操作，潜艇中有一个压载水舱，里面开始被源源不断地注入海水，于是潜艇变重，开始向水下沉去。如果潜艇要想浮出水面，就要采用相反的办法，那就是用压缩空气将压载水舱里的水排出去，这样潜艇就会变轻，自然就慢慢地从水下浮上来了。

红狮军团中能人辈出，劳拉对潜艇驾驶十分熟悉，更是对潜艇上的各种武器了如指掌。她坐在潜艇的驾驶位置上，开始输入航行路线。一切就绪，"庇护号"潜艇准备起航了。可是，就在此时，一架反潜飞机已经飞到了红狮军团潜艇基地的海域上空，一场猎杀潜艇的大作战即将打响。

泰勒驾驶着反潜飞机，在海面上空盘旋。飞机的探测设备不停地向下发出探测信号，寻找着潜艇的踪迹。

突然，探测仪的屏幕上出现了一个模模糊糊的轮廓，一旁的布鲁克兴奋地叫起来："我们成功地搜索到了红狮军团的潜艇。"

在海面下，劳拉不知道为什么总觉得心神不宁。秦天看出了她的焦虑，关心地问："劳拉，你是不是不舒服？"

劳拉摇摇头："秦天，我觉得咱们好像被跟踪了。说不定这一切都是蓝狼军团精心设计的。"

秦天也觉得有些不对劲儿，却一直没有找出到底哪里有问题。听劳拉这么一说，他更加觉得这次行动有些反常了。秦天建议："不如，咱们先将潜望镜伸出水面侦察一下。"

劳拉点点头，按下潜艇操作台上的一个按钮，压载水舱中的水被向外排出了一部分。潜艇的重量减轻，向上浮动了一段距离。一根细长的管子慢慢升起，从海面上冒了出来，那便是潜艇上的潜望镜。

潜望镜的最上端有一个可以全角度观察的数字摄像头，能够360度旋转，同时还可以仰望天空。劳拉操作

摄像头慢慢地转动，先对周围的海面进行观察。

"一切正常。"劳拉一边观察，一边说，"也许是我们多心了。"

"但愿如此。"秦天的心里还是不踏实，他总觉得威胁不是来自海面，而是来自空中。

摄像头在劳拉的操纵下开始向上翻转，对空中的情况进行侦察。当摄像头的角度刚刚扬起到45度的时候，劳拉的心脏便"咯噔"一下停止了跳动，她的额头瞬间冒出了冷汗。

"不好，在海面上空发现了一架反潜机。"

这句话犹如晴天霹雳，其他人都围了上来。每个人心里都清楚，潜艇之所以厉害是因为它行动隐蔽，而一旦它被发现，往往必死无疑。

"也许……也许这是我们自己的反潜机。"朱莉想到一个办法，"我们应该发出敌我识别信号，先分辨出是敌是友，然后再采取下一步的行动。"

大家都知道这种办法虽然能分别出敌我，但却也是

非常危险的。如果敌人的飞机还没有锁定这艘潜艇,发送出去的敌我识别信号无疑便会将潜艇的位置暴露出来。

正在大家迟疑之际,亨特做出了决定:"必须判明敌我,如果是敌人必须马上通知其他潜艇撤离。"

亨特的决定意图非常明显,他是要牺牲自我,保护潜艇基地的其他潜艇安全撤离。劳拉的手指按到了敌我识别器上的按钮,一条识别指令穿透海面传播了出去。

"嘀嘀嘀!"蓝狼军团的反潜飞机上响起了提示音。泰勒看到敌我识别器上出现了一串符号,冷冷地说:"红狮军团在发送信号验证我们的身份。"

破译密码是艾丽丝的特长,但在如此短的时间内要破译红狮军团的识别信号也是不可能的。她知道只要在几秒钟内,红狮军团收不到反潜飞机上发回的识别信号,便会认定这架飞机是敌机了。艾丽丝并没有理会敌我识别信号,而是操作信号跟踪仪,顺着敌我识别信号发来的通道,迅速锁定了"庇护号"潜艇的位置。

布鲁克看在眼里笑在心里,立刻下达命令:"投掷深

水炸弹。"

美佳和雷特毫不犹豫地将弹舱打开，一枚深水炸弹从机腹处落了下去。

敌我识别信号发出几秒钟之后，红狮军团的潜艇上没有收到任何返回的信号。劳拉知道那架反潜飞机一定是敌人的了，于是她立刻向潜艇基地里所有的潜艇发出警报。一时间，所有的潜艇内警报灯闪烁，各个潜艇中的水兵们纷纷采取应对措施。面对来袭的敌机，最好的办法便是关闭潜艇的所有动力和电力系统，沉入深水不发出任何信号。这样，敌人的反潜飞机便无法捕捉到潜艇的准确位置了。

可是，劳拉并没有关闭潜艇的动力系统，也没有急于沉入深海，而是加快速度向远离潜艇基地的方向驶去。这一举动无异于送死，一旦"庇护号"潜艇被敌人的鱼雷或者深水炸弹击中，这艘潜艇就会变成一口活棺材，里面的人一个也逃不出来。

# 第六章

# 致命攻击

"庇护号"潜艇已经被蓝狼军团的反潜机锁定,美佳和雷特按照布鲁克的命令抛下了一枚深水炸弹。这枚炸弹落入水中激起了几米高的浪花。但是,浪花只是炸弹下落的力量砸起的,它并没有爆炸。

所谓深水炸弹就是落入水中,到达一定的深度才会发生爆炸的炸弹,它专门用来对付深水中的潜艇。这枚炸弹稍微有些偏了,落到了与"庇护号"潜艇水平距离几十米远的位置。

深水炸弹开始向海底下沉,随着下沉的深度不断增加,它所感受到的海水压力也在不断增加。当海水的压力足够大的时候,深水炸弹的引信就被触发了。

"轰——"一声巨响在海中传播开来。巨大的冲击波将海水向四周挤压,形成了以炸弹爆炸点为中心的水浪。

"啊——！"索菲亚一声惨叫，身体从座位上被甩了出去，狠狠地撞到了硬邦邦的潜艇内壁上。

"庇护号"潜艇被巨大的水浪冲击得剧烈晃动，整个潜艇内部天翻地覆，所有人都像皮球一样在艇舱里滚来滚去，猛烈地撞击着潜艇里的各种仪器。

秦天的额头淌出了血，流到了眼睛上，模糊了他的视线。他紧紧地抓住潜艇中的一个把手，使自己的身体不再随处滚动。

几分钟过后，潜艇稍稍地恢复了平静。大家勉强站起来，但仍无法站稳。

劳拉挣扎着回到控制台前，操作潜艇将更多的海水吸入压载水舱，这样能让潜艇下沉得更深一些。

"轰——""庇护号"潜艇还没有恢复稳定，又是一声巨响传来。这次响声更大，冲击力更强，仿佛炸弹就落在了潜艇旁边。大家能感觉到潜艇被炸弹爆炸产生的碎片击中了，因为潜艇里的灯在爆炸声响起后熄灭了一部分，这说明潜艇的电力系统已经遭到了破坏。在昏暗

的光线中，刚刚站稳的他们再次被甩了出去。

亚历山大硕大的身体就像一枚重磅炸弹，在艇舱里来回地撞击着。"见鬼，我们会死在这个活棺材里的。"他大叫着。

在海面上空的反潜机中，蓝狼军团的雇佣兵一阵阵地大笑。"太解气了，太过瘾了，我们终于报仇雪恨了。"布鲁克兴奋得振臂高呼。回想起在以往的战斗中，他们受尽了红狮军团的打击，这次总算扬眉吐气了。

凯瑟琳负责观察深水炸弹的落点，她发现第一枚炸弹爆炸时距离"庇护号"潜艇的距离有些远，没有对"庇护号"造成致命的伤害。于是，凯瑟琳将偏差数据输入到攻击系统中，命令美佳和雷特选择了一枚威力更大的深水炸弹投放下去。

第二枚炸弹就在距离"庇护号"潜艇不足十米远的地方爆炸，飞散的炸弹碎片击中了潜艇，令潜艇的许多部件遭到破坏，所产生的冲击力使潜艇内部的电子器件失灵，人员受伤。

"我们不能都死在这里。"劳拉再次挣扎着站起来,朝操作台摇摇晃晃地走去,"你们快乘救生器离开潜艇。"

女士优先是永不改变的原则。索菲亚第一个进入救生器,然后被推进鱼雷发射管里。这是一种单人救生器,一次只能乘坐一个人,而且必须从鱼雷发射管里发射出去。

潜艇还在剧烈地摇晃,他们知道下一枚深水炸弹随时可能沉入海中,并且会更加准确地落到潜艇的旁边。"庇护号"潜艇虽然身负重伤,却侥幸地从前两枚深水炸弹的"魔爪"中成功逃生,而要想躲过第三枚炸弹可就没那么容易了。劳拉果断地按下发射按钮,索菲亚乘坐的单人救生器从鱼雷发射管中喷射出去,进入了茫茫的大海,并穿透一层层的海水向远处飞去。

红狮军团的特种兵一个个按顺序进入单人救生器。随后,朱莉、亚历山大、秦天,以及亨特依次从鱼雷发射管中射出,成功地从潜艇中逃生了。

"布莱恩,快!"劳拉头也没回,继续操作着潜艇。

突然,劳拉感觉到一双大手从背后猛地将自己抱紧。

她的身体被抱了起来,这双大手的力气是那样大,无论她怎样挣扎都无法挣脱。

"布莱恩,你要做什么?"劳拉大喊着。

布莱恩没有说话,直接将劳拉塞进了单人救生器。他从来没有这样粗暴地对待过任何女生,尤其是劳拉。

"不,不!"劳拉明白了布莱恩的所作所为,她用力地敲打着救生器的窗户,"你不能把自己留在这里。"

布莱恩朝劳拉微微一笑:"你必须先走。放心,我也会活着出去的。"说完,布莱恩毫不犹豫地将劳拉乘坐的救生器塞进了鱼雷管里。

劳拉感觉到一股强大的推力,她知道救生器已经被发射出去了。在劳拉的耳边响起呼呼的声音,那是救生器在水中快速穿行时与水摩擦发出的响声。劳拉的脑海中闪现着布莱恩的笑容,也许这将是布莱恩留给她的最后一次微笑。

"轰——"当第三次爆炸声传来的时候,坐进救生器中的人都已经逃离到了安全的距离。索菲亚、秦天、朱

莉、亨特、亚历山大,这5个人都在担心着一个人。他们的脑海中出现了潜艇被击中后发生爆炸的画面,而那里面还有一个没有来得及逃出来的人——劳拉。

只有劳拉知道最后一个留在潜艇里的人不是自己,而是布莱恩。劳拉的脑袋随着爆炸声嗡的一声响,眼泪夺眶而出。"布莱恩,布莱恩!"劳拉不停地叨念着布莱恩的名字。

劳拉不顾一切地打开救生器的舱门,从狭小的舱门中钻出来,用力地蹬着水,浮出了水面。她看到了远处天空上的那架反潜机,一枚深水炸弹正从弹舱中落下。

蓝狼军团绝不会给对手留下任何生的希望,在第三枚深水炸弹击中了"庇护号"的艇身之后,他们又投下了第四枚,以确保万无一失。

劳拉闭上了眼睛,不敢去看这残忍的一幕。一声巨响传来,劳拉还是忍不住睁开眼睛朝海面上看去。巨大的水浪从海面涌起,水波扩散而来,令海面跌宕起伏,劳拉的身体随之上下浮动。劳拉感觉到嘴里咸咸的,她

知道那不是海水的咸味儿,而是泪水的味道。

蓝狼军团的反潜机在空中盘旋着,泰勒从探测器传来的图像上可以判定出"庇护号"潜艇已经彻底被摧毁了。对于蓝狼军团来说,这一仗打得大快人心,以往的失败阴霾一扫而光。

"哈哈!红狮军团特种兵一定死得很难看。"布鲁克开怀大笑。

"我真想看看他们几个被闷在活棺材里,耗尽了氧气,抽搐而亡的惨状。"美佳丧心病狂地阴笑着。

此时此刻的"庇护号"潜艇的确是一个活棺材,被困在里面的布莱恩费力地吸着最后一口氧气。他的脖子好像被一双大手用力地掐着,面无血色,嘴唇苍白,眼珠子向外凸出,他瘫软在地上。

当劳拉被布莱恩强制地塞进救生器,从鱼雷发射管发射出去以后,布莱恩也准备逃出去。可是,老天并没有给他这个机会,另一枚深水炸弹击中了"庇护号"。潜艇中的所有灯在瞬间熄灭了,这里变成了一个黑暗无比

的囚牢。

布莱恩的身体像一颗滚在筛子上的豆粒,来回地在潜艇中撞击着。当他费尽力气,摸索着走到操控台前时,却发现所有的按钮都已经失灵了。布莱恩知道这是因为潜艇的电路系统遭到了破坏性的打击,他无路可退了。

艇舱里的氧气越来越稀薄,他的呼吸开始变得困难,五脏六腑好像都要从腹腔里胀出来了。布莱恩双手抱住头部,倒在地上身体扭曲成了一条S形的曲线。

生已经没有希望,只求死得不那么痛苦,而老天并没有满足布莱恩这个卑微的请求。布莱恩并不畏惧死亡,他的嘴角绽放出满足的微笑。他的笑是发自内心的,这种满足来源于他为正义事业所做的一切,满足于自己能够在生死关头将劳拉塞进救生器发射出去。

劳拉的泪水汇入了茫茫的大海,也许这片海会因为她的泪水而变得更咸。她知道布莱恩此时已经离开了自己,永远也不会回来了。劳拉的脑海中像放电影一样,一幕幕地闪现着自己与布莱恩朝夕相处的日子。他们一

起战斗，一起聊天，同吃一锅饭，同唱一首歌，就是没有同生共死。

特种兵不相信眼泪，他们只相信手中的枪。劳拉的眼泪像被关上了闸门的洪水被死死地堵在了眼眶里，一滴也不再流淌下来。她抬头看着那架还没有飞离的反潜机，眼中冒出愤怒的火苗，不知不觉间已经咬破了嘴唇，那是憎恨的力量。

## 第七章

# 痛失战友

在反潜飞机上，蓝狼军团正举棋不定。艾丽丝建议："咱们应该见好就收，否则等红狮军团缓过劲来，咱们就遭殃了。"

雷特立刻反对："你别长了别人的锐气，灭了自己的威风。我看红狮军团没有你们说得那么厉害。这不，我刚一来就把他们打得落花流水了。"

美佳心想：这个家伙真是不谦虚，好像我们都是酒囊饭袋，是因为他的加入才战胜了红狮军团。

大家都在等着布鲁克做出最后的决定。布鲁克本是生性狂妄之人，可是经历了这么多次与红狮军团的交锋，他已经变得成熟很多了，而如今的雷特很像初出茅庐的布鲁克。

"据我分析，经常跟咱们作对的那个红狮军团小队已

经都闷死在潜艇里了。"布鲁克说,"而其他的红狮军团成员则逃离了这片海域,如果我们不赶紧离开说不定会被红狮军团发射防空导弹进行攻击。"

布鲁克的态度已经很明显了。泰勒立刻掉转机头,飞机在空中划出一道弧线向远处飞去。

看着远去的敌机,浮在水面的劳拉紧咬着牙齿,两只手握成了拳头。在海面上又冒出了几个小黑点儿,他们越来越近,越来越大,向劳拉游来。没多久,这几个人已经围到了劳拉的身边。他们的脸上露出笑容,因为大家认为劳拉是最后一个逃出来的人,只要她安然无恙,就不会有人发生危险了。

"劳拉,你没事儿就好,可把我们担心坏了。"秦天如释重负地说。

劳拉一言不发,脸上痛苦的表情令其他人开始不安起来。这几个人看看劳拉,又互相看了看,最后向四周的海面望去。他们意识到了一个严重的问题:布莱恩不见了。

"布莱恩,布莱恩呢?"索菲亚情绪激动地喊道。

"大家别紧张,布莱恩不会有事的。"亨特安慰道,"劳拉是最后一个出来的,她都平安无事,布莱恩更不会出事儿了。"

这句话像提起的一道闸门,放开了劳拉的泪水。"哇——"劳拉竟然像小孩子那样失声痛哭起来。

"劳拉,布莱恩怎么了?"

其他人的脑袋都像被冲进了海水,沉重得抬不起来。他们从劳拉的表现中已经猜到了结果,只不过不愿意相信这是真的而已。

"布莱恩,布莱恩死了。"劳拉抽泣着说。

这句话如同五雷轰顶,使整个海面好像都被掀了起来,天翻地覆的感觉。

"不,这不可能。"亚历山大痛苦地号叫着,"布莱恩不会死的,他是世界上最好的人,老天不会这样对他的。"他就像一头疯牛,双手不停地砸着水面,然后又用力地砸着自己的脑袋。

"你冷静点儿。"亨特拉住亚历山大的手。

亚历山大痛苦地抱着脑袋,双手揪着自己的头发,这样才能缓解他内心的悲痛。他就是这样一个真性情的人,虽然粗鲁、莽撞,爱和别人打架,但绝对会用真心去对待朋友。

劳拉痛哭流涕,几乎昏厥过去,嘴里不停地说:"都怪我,都怪我!如果我最后一个离开,布莱恩就不会死了。"

劳拉的身体状况令人担心,秦天拖住她的身体向海面上漂浮的一艘小艇游去。劳拉被大家拉上船,她像是被抽去了筋骨一样,身体瘫软地躺在船舱里。亚历山大已经恢复了平静,他一拳砸在小艇上,小艇剧烈地晃动起来,他大喊:"我们要为布莱恩报仇!"

秦天凝视着远处的海面,冷冷地说:"仇是要报的,不过我们更要弄清楚敌人是如何找到这里的,还有我们中间会不会有叛徒?"他的目光像一把刀子,从每一个人的脸上划过,没有什么阴暗的事情能够逃脱他的眼睛。

秦天一个个地打量着自己的战友，虽然怀疑但却不愿相信他们之中会有叛徒。他回忆着最近发生的事情，觉得有很多不符合常理的地方。第一，他们莫名其妙地接到了世界级富商克罗斯的请求，要求红狮军团到椰岛保护他的安全；第二，在椰岛上，蓝狼军团本已经被红狮军团围困，却因为朱莉的马失前蹄，将到嘴的鸭子放飞了；第三，红狮军团离开椰岛之后，莫名其妙地被蓝狼军团跟踪了。

将这一系列不符合常理的事件连接到一起，秦天认为问题可能出在两个人的身上，一个是克罗斯，另一个则是朱莉。克罗斯为什么要对付红狮军团特种兵，秦天实在想不到原因。而朱莉呢？她也不可能把枪口对准自己的兄弟姐妹呀！想到这里，秦天的目光定格到朱莉的身上。仔细想来，朱莉的表现的确有些异常，且不说她在椰岛上被椰子壳绊倒的事情有故意放水的嫌疑，就是刚才大家因为布莱恩的死悲痛欲绝的时候，朱莉也没有掉下一滴眼泪。

"朱莉,是不是你出卖了我们?"正当秦天满心猜疑的时候,索菲亚突然将矛头指向了朱莉,义愤填膺地质问道。

"哼哼!"朱莉一声冷笑,她的表情还是那么孤傲冷峻,"我就知道你会血口喷人。"

索菲亚噌地一下站起来,手指着朱莉的鼻子,瞪着眼说:"你别再装了,我早就发现了你的异常。"

"你倒是说说看,我有什么异常?"朱莉不卑不亢地说。

"你故意摔倒,吸引我们的注意力,借机放走了蓝狼军团的雇佣兵。"索菲亚说出了其他人心里想说的话。

"你血口喷人!"朱莉终于忍不住了,"难道你就没有失手的时候吗?"

"就知道你会狡辩。"索菲亚继续质问,"那你为什么对布莱恩的死如此冷漠?"

"这更加说明了我不是叛徒。"朱莉眯着眼,蔑视地看着索菲亚,"如果我是叛徒,难道不会把自己伪装起

来，一把鼻涕一把泪地换取大家的信任吗？"

"是啊，是啊！"亚历山大在一旁点着头，"朱莉说得对。"

"其实，布莱恩的牺牲，我的悲痛比你们谁都不少。只不过，悲痛又有什么用，我们要想办法挫败蓝狼军团的阴谋才行。"朱莉显然由被动局面转为了主动。

索菲亚也只是怀疑，她没有实实在在的证据。而且，朱莉冷傲的目光似乎看透了她的内心，令她有些畏缩了。

"好了，大家不要再相互猜忌了。"亨特终于要发挥领导的作用了，"我决定立即采取行动，把整个事件调查个水落石出，不能让布莱恩死得不明不白。"

其他人都把目光转移到了亨特的身上，看看他有什么好主意。其实，亨特也没有想好下一步该怎么做，所以一脸茫然。

"我觉得咱们应该从海豚湾入手。"秦天说，"既然克罗斯说蓝狼军团的海底研究所就在海豚湾，我们就该从那里开始调查。"

本来红狮军团就是想驾驶"庇护号"潜艇前往海豚湾的海底,调查蓝狼军团的海底研究所。可是,"庇护号"出师未捷身先死,如今秦天又提出前往海豚湾,这不得不令人有些举棋不定。

"你们觉得克罗斯的话可信吗?"亨特说,"也许海豚湾压根儿就是陷阱。"

"对,我看咱们还是谨慎为好。"索菲亚应和道。

朱莉站到了秦天这边,反驳道:"即使海豚湾是个陷阱,我们也别无选择,因为即使在海豚湾找不到蓝狼军团的海底研究所,也会找到克罗斯。我相信克罗斯一定知道真相,所以必须找到他。"

"我看你是别有用心吧!"索菲亚阴阳怪气地对朱莉说,"你是不是想把我们引到海豚湾,好让蓝狼军团把我们消灭干净啊?"

一向高傲的朱莉哪里受到过接二连三的猜忌与羞辱,她脸上不动声色,可胳膊已经抡起来,朝着索菲亚的脸就是一巴掌。这一巴掌扇得巨响,朱莉总算出了一口恶气。

　　索菲亚的脸顿时通红，半边脸火辣辣地疼。在红狮军团中，清纯美丽的索菲亚一直受人恭维，男生们都围着她团团转，哪里受到过这种待遇。索菲亚握紧了拳头，一个左勾拳朝朱莉的脸上打来。突然，一只手攥住了索菲亚的胳膊，就这样拳头停在了朱莉的右脸前。

　　"朱莉说得对，我们必须去海豚湾。"劳拉突然坐起来，抓住了索菲亚的胳膊，"要想为布莱恩报仇，就必须冒这个险。"

　　现在是三个人同意去海豚湾，只要亨特和亚历山大中再有一个人同意，便会形成多数压倒少数的局面。于是，其他人的目光集中到这两个人的身上。

# 第八章

## 人力潜艇

亨特犹豫不决,他也想去海豚湾,却担心伤了索菲亚的心。平时,亨特和索菲亚走得最近,当然最主要的原因是亨特总去讨好索菲亚。而亚历山大则属于没有主见的人,哪边人多就往哪边倒,更何况他天不怕地不怕,即使明知是火坑都敢去跳,所以他愣愣地说:"我同意去海豚湾,那里一定会有更刺激的战斗。"

朱莉冷冷地一笑,高傲的脑袋仰得更高了。显然,在这次交锋中,朱莉获得了胜利。索菲亚被扇了一个耳光,颜面大失,心里更是恨透了朱莉。两个人水火不容,真不知道以后还会发生什么。

既然大多数人同意去海豚湾,亨特自然不会反对,只不过他觉得索菲亚受了委屈。于是,亨特凑到索菲亚身边小声地说:"别生气,也许去了海豚湾才能证明你是对的。"

　　既然要去海豚湾，就必须采取最为隐蔽的方式。亨特已经想到了最理想的交通工具，那就是人力潜艇。这是一种靠人力前进的微型潜艇，一般每艘只能容纳一到两个人。由于人力潜艇不需要核燃料或者油料来提供动力，也没有发动机和电路系统，所以不会产生电磁信号。探测潜艇的主要办法就是通过各种设备探测潜艇发出的电磁信号，这样一来无论是声呐探测器，还是雷达等设备都不能捕捉到人力潜艇的踪迹了。当然，人力潜艇也有很多缺点。一是，它不能承受太大的压力，所以下潜的深度有限，这就意味着一旦被发现便很容易遭到攻击；二是，它的航行速度很慢，如果长距离航行，人会消耗很多体力；三是，它的体积小，最多能容下三个人。

　　人力潜艇就藏在红狮军团潜艇基地的一处水域中，平时它由重物坠着沉在海面之下，所以在海面上根本看不到。秦天跳入水中，游到人力潜艇隐藏的水域，用匕首割断拴着重物的绳子。人力潜艇立即浮出了水面，远远地看去就像一个个露在海面的龟壳。

　　红狮军团的特种兵分为三组,准备进入人力潜艇。亨特突然喊了一声:"等等!"

　　亚历山大的半个身体已经进入了潜艇里,他晃着大脑袋问道:"还有什么事情吗?"

　　"把你们的通信工具全部交上来。"亨特说。

　　大家都清楚亨特这样做的目的,这是为了防止他们之中有人向蓝狼军团通风报信。这样看来,亨特也怀疑他们之中可能出现了叛徒。

　　在这个时候没有人会违抗命令,因为很显然不想交出通信工具的人被怀疑的可能性最大。所以,大家都乖乖地交出了通信工具。通信工具由亨特保管,就放在他乘坐的那艘人力潜艇中,而那艘潜艇里还有一个人——索菲亚。也就是说,在他们中能接触到通信工具的只有亨特和索菲亚两个人,如果发生了泄密,必定是他们其中的一个。

　　亚历山大和朱莉进入了一艘人力潜艇。秦天和劳拉则进入了另一艘人力潜艇。三艘潜艇沉入了水下十多米,

开始向海豚湾缓缓地驶去。秦天和劳拉各自踏着一对踏板,两条腿不停地来回运动着,就像在骑着一辆双人自行车。秦天的手握着一根操纵杆,它是用来控制人力潜艇的方向的。

由于三艘潜艇之间没有相互联络的工具,所以它们前后的间距很短,以便能够互相看见,不至于在海面下走散。亨特和索菲亚驾驶的潜艇在最前面,负责把握航向,因为只有这艘潜艇里有导航装置。

索菲亚还窝着一肚子的火,被朱莉抽的那一巴掌她是不会忘的。"亨特,我敢保证朱莉一定是叛徒。"索菲亚借着和亨特独处的机会,继续发表自己的看法。

亨特的嘴里不知道什么时候又放进了一块口香糖,只能容下两个人的潜艇里充满了薄荷的味道。这种味道令人神清气爽,浑身都会放松下来。本来已经放松下来的亨特被索菲亚这样一说,突然又变得焦躁起来,他只好哄着索菲亚说:"虽然我相信你说得有道理,但你没有证据呀!是狐狸总会露出尾巴的,咱们之中如果有叛徒

我也绝不会放过他（她）。"说到这里，亨特的眼中充满了凶光。他绝不允许自己的队伍中出现背叛者，因为那是对正义力量的挑衅。

索菲亚的脸上闪现出一丝难以揣摩的笑容，转瞬即逝，几乎没有人能够捕捉到那一刹那的微妙变化。当然，亨特也不会观察到，他只顾着看导航仪上显示的行进路线。

索菲亚的双腿往复地运动着，腿部的肌肉开始酸胀起来。"照这样的速度，咱们至少要两天才能到达海豚湾。"她嘟着嘴说，"一路上太无聊了，不如你把手机还给我，让我一边踩踏板，一边玩游戏，这样才不会觉得累。"

"不行！"亨特当即回绝了索菲亚的请求，"所有人的通信工具都在我这里，必须一视同仁，否则我怎么跟别人交代。"

"喊！你就傻吧。"索菲亚斜眼看着亨特，"你也不看看这些人谁把你放在眼里，还真以为自己是指挥官

呢？再说了，在海面下手机根本没信号，我玩玩游戏又怎么了？"

亨特拿出索菲亚的手机，果然发现手机屏幕上显示着几个字：无网络服务。他有些犹豫，到底该不该把手机给索菲亚呢？

"你就给我吧！"正当他犹豫之际，索菲亚已经伸手将手机夺了过去，"放心吧，这里就你我两个人，我不告诉别人，谁又会知道你把手机给我了呢？"

"好吧！"亨特在美女面前很容易丧失立场，这点索菲亚早就看透了。

索菲亚迫不及待地划动手机屏幕，开始玩游戏。不过，总盯着一块小小的屏幕，她的眼睛开始变得干涩，于是抬起头来揉了揉眼睛。抬起头的瞬间，索菲亚才发现亨特竟然像在监视犯人一样，一直目不转睛地看着她。难道亨特在怀疑我吗？索菲亚不禁这样想。

亨特见索菲亚抬起头也看着他，这才将目光转移到自己正在操作的控制手柄上。其实，他并不是在怀疑索

菲亚,而是看索菲亚玩游戏的样子很可爱,一时间入了神而已。

不知道为什么,索菲亚有些心慌,她赶紧低下头继续玩起了游戏。亨特没有再盯着索菲亚看,而是不知疲倦地蹬着踏板,人力潜艇向前缓缓地运动着。

# 第九章

## 中途休息

潜艇的四壁上各有一个碗口大小的玻璃窗,用来观察外面的情况。亚历山大的一只眼贴在玻璃窗上,看到各种各样的海鱼从潜艇旁边游过去,就是叫不出它们的名字。

"朱莉,快看这种鱼叫什么名字?"亚历山大朝朱莉一个劲儿地招手。

朱莉正烦得要命,哪里有心情看鱼,所以双脚机械地踩着踏板,根本就没有动弹。亚历山大这个粗鲁的家伙竟然一把拉住了朱莉的手:"你倒是快看啊,一会儿就游过去了。"

朱莉被亚历山大用力一拽,身体一斜,脑袋差点儿磕到玻璃窗上。她刚要发火,却被从窗口游过的鱼吸引住了。这种鱼实在太美了,可美丽的外表下却又透着几

分凶气。它身上布满了深浅不一的条纹,在海水里游动时,会张开身上所有的"翅膀",好像孔雀或火鸡开屏一样。

"你看这些鱼像不像火鸡?"亚历山大兴奋地问。

朱莉微微一笑:"这种鱼叫狮子鱼,也有叫它火鸡鱼的。别看它长得漂亮,却异常凶猛,喜欢吃小鱼和虾蟹。最可怕的是,它浑身长满看上去很美的鱼翅,其中隐藏着很多硬棘,不仅尖锐而且具有毒素。如果不小心抓到这种鱼,一定要小心别被它的毒翅蜇伤。"

"我的乖乖,原来这种鱼是披着美丽外衣的杀手,真是太不可思议了。"亚历山大感叹道,"我感觉这种鱼和你很像。"

朱莉一愣,不解地看着亚历山大。

亚历山大突然意识到自己说错话了,急忙改口说:"不像,一点儿也不像。"

"你倒是说说我和这种鱼到底有什么相同之处?"朱莉逼问道。

亚历山大本就是头脑简单、心直口快之人，在朱莉的逼问之下，只好如实招供："你和这种鱼一样，都是看上去很美，可是一旦接近就会被你身上的毒刺扎伤，令人敬而远之。"

"难道我在你们眼里就是这样的形象吗？"朱莉的情绪有些激动，她没想到自己在大家看来是长满毒刺的人。

亚历山大有些惊慌失措，磕磕巴巴地解释说："不……不是这样的，至少我认为你是外表冷漠、内心狂热的人。"

"狂热？"

朱莉对这个词很不适应，她竟然连自己都不认识了，难道自己也算是狂热的人吗？

亚历山大真想抽自己一个嘴巴，他怪自己嘴笨，竟然胡乱捅出这么一个词儿来。"不是狂热，而是……温柔。"亚历山大改口道。

"好了，你不用再解释。"朱莉恢复了平静，"解释就是掩饰，你分明就是在掩饰内心的真实想法。一个人无

意中说出的话才是实话,而经过思考后说出的话往往是假话。"

亚历山大不知所措,一时间竟然变成了哑巴。朱莉看着亚历山大,突然抓住他的手很温柔地说:"谢谢你今天跟我说了实话,让我第一次清醒地认识了自己。"

亚历山大很不适应这样说话的朱莉,更不适应被她抓住手的感觉,竟然浑身起满了鸡皮疙瘩,不由自主地将手缩了回来。

朱莉失望地摇摇头,叹了一口气说:"看来我该好好地反思自己了。"这句话是发自内心的,在红狮军团中朱莉总是一副孤傲的姿态,无形间与其他人产生了隔阂。这也是为什么有人怀疑她是叛徒的原因。

在人力潜艇的狭小空间内,两个人相视而坐,慢慢地敞开了彼此的心扉。朱莉跟亚历山大说了很多心里话,这令亚历山大受宠若惊。通过这次单独相处,亚历山大认识到了朱莉的另一面,那就是在她冷酷的外表背后,深藏的却是一颗异常脆弱的心。也许,越是脆弱的人越

会想尽办法将自己伪装得很强大。

人力潜艇的速度缓慢，所以要潜行到海豚湾至少需要两天的时间。在海面之下也能感觉到天色的变化，随着时间的推移，海水的能见度越来越低，当人力潜艇中彻底黑下来的时候，说明天已经黑了。

即使是身体强壮的特种兵也会有疲劳的时候，亨特决定停止前进，在漆黑的海面上休息一夜。各艘人力潜艇之间没有通信工具，所以要想发出停止前进的命令就必须采取其他方式。这难不倒他们，因为他们有着很多种通信联络的方式。除了无线电通信，他们还经常采用的联络方式包括：手语、旗语、灯火以及声响，等等。

亨特打开战术手电筒，对准人力潜艇上的小玻璃窗，朝后面的潜艇照去。这种被称为"狼眼"的战术手电筒，发出的光线穿透力极强，在没有遮挡的情况下可以照射出十千米的距离。强光穿透黑暗的海水，连续闪烁了三下，这是他们约定的灯光信号，代表的含义是停止前进。亚历山大收到了信号，然后采取同样的方式向后面传递信号。

秦天收到信号,然后打开战术手电筒向前面的潜艇闪烁了两下,这代表着已经明白了对方的意思。三艘人力潜艇中的人已经通过灯光信号取得了联系,开始操作潜艇向水面上浮动。

在潜艇的外壳上有几个挂载的大水箱,里面充满了海水,所以潜艇才会沉入水面之下。现在只要把这些水从水箱中排出去,潜艇便可以上浮了。秦天拉动一个操作杆,水箱上的皮塞被打开,然后秦天和劳拉同时用力踩下潜艇底部的两个踏板,将水箱里的水排了出去。

水箱上的皮塞被秦天快速地关上,现在水箱里已经没有水了,潜艇在浮力的作用下向水面上浮去。当人力潜艇浮出水面的时候,它像一个被扔进海里的易拉罐,在水波的作用下来回晃动起来。

秦天和劳拉坐在潜艇里,身体跟着来回晃动。过了好一阵儿,人力潜艇才稳定下来。秦天打开潜艇上面的盖子,将头探了出去,海面上漆黑一片,看不到一点点的光。在无尽无边的黑暗中,浮在水面上的几个生命就

像随手可以碾死的蚂蚁那样微不足道。

此时此刻，秦天感受到了生命的脆弱。他缩回头对坐在潜艇里一动不动的劳拉说："起来活动一下。"

劳拉摇摇头没有说话，她感到浑身无力，就像刚刚生过一场大病一样。秦天撕开一袋野战食品递到劳拉手边说："吃点儿东西，这样下去你的身体会垮掉的。"

虽然劳拉没有胃口，但她没有拒绝食品，因为她知道一个没有体力的特种兵是无法战胜敌人的。她要为布莱恩报仇，就必须让自己充满了力量。

潜艇浮出了水面，大家都在呼吸着新鲜空气，补充能量。亨特也将头探出了潜艇，海风吹拂着面颊，带来一阵阵清爽的感觉。仰头望去，黑幕中点缀着斑斑点点的星星，就像在世界的另一端也是一片海，而星光则是海面上闪烁的灯塔。

"索菲亚，你也出来透透气。"亨特深吸了一口空气，对索菲亚说。

"马上就来，我先玩完这一局。"索菲亚依旧坐在潜

艇里,投入地玩着手机游戏。

突然,亨特意识到了什么,他猛地缩回到潜艇中,一把夺下了索菲亚手中的手机。

"喂,你这么粗鲁做什么?"索菲亚吃惊地看着亨特。

## 第十章

# 一场噩梦

亨特夺过索菲亚的手机，快速地关闭了游戏，他的脑门上冒出了豆大的汗珠。手机屏幕上的信号是满的，这便是亨特如此着急的原因。当手机在水下十几米深的时候是没有信号的，而随着潜艇的上浮，手机信号就会慢慢地出现，当浮出水面时信号则变得很强了。

"你没有给别人发短信吧？"亨特一边快速地捣鼓着手机，一边问索菲亚。

"当然！"索菲亚站了起来，愤怒地看着亨特，"你不会在怀疑我吧？"

"不会，我怎么会怀疑你呢？"亨特嘴上这样说着，手指却不停地点击屏幕，翻看着通话记录和短信记录。

看完所有的记录，亨特将手机关闭放进了口袋里，额头上的汗珠不知道什么时候消失了。他总算是松了一口气，因为在索菲亚的手机中并未发现任何通信记录。

索菲亚很生气，认为亨特不信任自己，赌气地坐在潜艇里一言不发。亨特解释道："我不是不相信你，而是担心手机被植入了病毒，将咱们的位置暴露给敌人。"

索菲亚仍旧气鼓鼓地一言不发。亨特递给她一袋野战套餐："人是铁饭是钢，你可以不理我，但不能不吃饭。"

也许索菲亚是真的饿了，她接过野战套餐，朝亨特勉强地笑了笑。撕开包装袋，索菲亚取出了一块压缩饼干，在压缩饼干上涂上一层番茄酱，有滋有味地吃了起来。压缩饼干很噎人，如果没有足够的唾液来润滑，下咽的时候就会像无数只蚂蚁从喉咙中爬过一样。索菲亚从外衣上扯下一根软管塞进嘴里，贪婪地吮吸着，水从软管中流进嘴里，滋润着她的喉咙。

水是从哪里来的呢？当然是她身上穿的衣服。在他们的外衣中有一层空心的夹层，里面可以充满淡水，在外衣的胸前部位有一根吸管，方便特种兵在任何状态下都能够喝到水。

疲惫的身躯渴望得到休息，补充了能量之后他们的

困意在无形之中袭来。坐在狭小的人力潜艇里,有的人托着下巴,有的人将胳膊搭在面前的操作杆上,将头趴在胳膊上,很快便昏昏沉沉地睡着了。

亨特迷迷糊糊中突然想起了一件事情——忘记了安排岗哨。大家不能都这样一股脑地睡去,应该安排每个人轮流担任警戒哨,以防敌人在夜间偷袭。可是,转念一想,亨特又觉得多此一举。在无际无边的海面上,这几个人就像塔克拉玛干沙漠上的几粒沙子一样渺小。所以,别说敌人不知道他们在哪里,就是知道他们在这片海域,也很难找到他们。于是,亨特又放心地睡着了。

突然,远处好像有轰鸣声传来,而且越来越近,亨特敢肯定这是舰载直升机的声音。深更半夜,舰载直升机飞临这片海域,这意味着什么?位置被敌人获悉了,所以他们才会派出直升机来搜寻。亨特这样想着。

"快下沉,躲到海面下去。"亨特立刻朝另外两艘人力潜艇大喊。

但他接连喊了几声,另外两艘人力潜艇却丝毫没有

反应。亨特急坏了,他知道一方面是因为那两艘人力潜艇里的人睡得太沉了,另一方面是因为海水的潮涌声将自己的喊声淹没了。

转眼间,两架舰载直升机已经飞到了他们的头顶。它们在上空盘旋,压低机头,将探照灯照射到海面。探照灯慢慢地向人力潜艇移动,强光投射在海面上形成一个硕大的圆形图案。

"完了,完了!"亨特不由自主地重复着这两个字。他知道用不了多久,这三艘人力潜艇就会成为舰载直升机的打击目标。圆形的光圈扫到了亨特的人力潜艇,瞬时他被晃得睁不开眼睛。

紧接着,所有的人力潜艇都进入了舰载直升机的"视线。"它们就像舞台上的演员被聚光灯照着一样,展示在众目睽睽之下。强光的照射令红狮军团的特种兵都从睡梦中惊醒,他们立刻意识到了问题的严重性,迅速踩下踏板向水箱里充水,想以最快的速度操作潜艇沉入海面之下。

他们的动作再快,也快不过直升机发射炮弹的速度。只见,空中的两架舰载直升机一左一右,压低了机头,将机关炮对准了这三艘可怜的人力潜艇,一阵疯狂地扫射。

"嘭!"

一声闷响之后,亨特的人力潜艇被射出了一个洞。海水立刻从洞中涌了进来,几秒钟内人力潜艇里就积蓄了几厘米深的水。亨特赶紧用手去堵这个洞,否则用不了多久他们这艘人力潜艇就会被注满水,而他和索菲亚都会被淹死在这个"啤酒桶"里。

"嘭!嘭!"

正当他手忙脚乱之际,人力潜艇又接连被射出了两个洞,海水像喷泉一样向潜艇里喷射进来。亨特赶紧去堵其中一个洞,同时朝索菲亚大喊:"快堵住另一个洞。"

可奇怪的是,索菲亚对亨特的喊声无动于衷。这一切似乎都已在索菲亚的意料之中,她不慌不忙,阴柔地说:"堵有什么用,你还是早点投降吧!"

"你……你这话是什么意思?"亨特吃惊地问。

索菲亚站起身来,笑眯眯地看着亨特,说道:"蠢货,连这句话都听不懂,你的智商莫非是负数不成?"

亨特哪里是听不懂,是不愿听懂,他不愿相信叛徒竟然是索菲亚。他恨自己被索菲亚的外表所迷惑,总是轻易相信她说的话。他知道正是因为自己没有坚持原则,将手机拿给索菲亚玩游戏,才会将他们的位置暴露。但是后悔已经没有用了,亨特只想问索菲亚为什么要这样做。

"你为什么要这样做?为什么?"亨特歇斯底里地大喊着。

突然,一只手抓住了亨特的胳膊使劲地摇晃:"亨特,你怎么了?亨特!"

熟悉的声音在亨特的耳边响起,他的身体抽搐了一下,从睡梦中惊醒。唤醒亨特的人正是索菲亚,她的手还紧紧地握着亨特的胳膊。

"你为什么这样做?"亨特还在重复着梦中的那句话。

索菲亚迷惑地看着亨特,问道:"你是在问我吗?"

亨特这才彻底清醒过来,擦着额头上惊出的虚汗,心有余悸地说:"梦,这一切都是一个梦而已。"

"你到底做什么梦了?"索菲亚似乎对亨特的梦很感兴趣。

"没梦到什么。"亨特不敢正视索菲亚,"我梦到了一头怪兽从海底冒出来想把我吃了。"

"呵呵!你可真逗。"索菲亚甜甜地一笑,"不过从心理学上说,凡是做噩梦的人都是没有安全感的人,或者他正处在一个没有安全感的状态之中。"

这句话戳中了问题的重点,亨特的确一直处在没有安全感的状态。布莱恩的死令他悲痛、不安,甚至开始怀疑在自己的队伍中存在叛徒。正所谓日有所思,夜有所梦。刚才的噩梦绝对是脑细胞将白天的思维记忆释放出来的结果。

"来,吃块口香糖。"索菲亚将一块去掉包装纸的口香糖递到亨特的嘴边,"你太紧张了,好好放松一下。"

口香糖进入了亨特的嘴中,一股清香在他的口腔与

鼻腔之间流动，使他瞬间感觉到放松了很多。看着面前的索菲亚，亨特有些内疚，为什么自己在梦里会认为她是叛徒呢？

# 第十一章

## 屠杀海豚

天色已经由乌黑变成了灰黑,夜色正渐渐地褪去,黎明即将来临。原来,亨特这一觉睡得时间并不短,看来到了该出发的时候了。他站起身来,将头探出潜艇,用力地敲击着潜艇的外壳,同时喊道:"醒醒,该出发了!"

秦天睁开眼睛,睡眠是恢复体力的最佳途径,现在他感觉浑身又充满了力气。与昨天相比,劳拉的情绪和身体状态都好多了。毕竟,既然选择了这种危险的职业,就必须学会坚强地面对生死离别。

亚历山大对亨特的喊声无动于衷,仍然像一头酣睡的猪,呼呼地喘着粗气。朱莉敲了敲他的脑袋,吼道:"醒醒,醒醒!"

亚历山大晃了晃脑袋,吧唧了几下嘴,继续沉睡下去。朱莉眼珠一转,贴到他的耳边喊道:"敌人来了!"

"敌人,在哪儿?"亚历山大猛地站了起来,脑袋狠狠地撞到了潜艇的外壳上。

朱莉看着亚历山大傻乎乎的样子直想笑。而亚历山大却一本正经地看着她问:"敌人呢?"

"骗你的,要不你怎么会醒?"

亚历山大像泄了气的皮球,一屁股坐回原位,没精打采地说:"你也学会骗人了,真没想到。"在亚历山大的眼里,朱莉是个冷漠孤傲、不容易接近的人,很少和他开这种玩笑。

朱莉在改变,这种改变从昨天开始,这源于她对自己的反思。她要学会放下自己高傲的姿态,和大家打成一片,让别人更容易接受自己。

三艘人力潜艇慢慢地向海面下沉去,秦天他们踏着人力潜艇继续向海豚湾前进了。在昏暗的水下,如果不看手表,他们根本察觉不到时间的变化。当他们感觉到肚子饿的时候,一个上午的时间已经过去了。距离海豚湾应该只剩下三到四个小时的航程了,每个人都在努力

地蹬着踏板,希望能尽快到达目的地,揭开谜底。

最前面的亨特和索菲亚正用力地蹬着踏板,突然他们感觉到潜艇被什么东西用力地撞了一下。不,确切地说是他们的潜艇在行进的过程中撞到了什么东西上。

亨特的心里咯噔了一下,他担心人力潜艇撞到了敌人在水中设置的障碍上。索菲亚将一只眼对准潜艇壁上的圆形小玻璃窗向外看去。"啊!"突然她的头像弹簧一样从玻璃旁弹了回来,同时发出一声惊恐的尖叫。

"怎么了?"亨特的心脏加速跳了起来。

"海……海豚!"索菲亚磕磕巴巴地说。

"海豚有什么好怕的?它不会攻击我们的潜艇。"说着,亨特也将眼睛凑到玻璃窗旁,想欣赏一下聪明可爱的海豚在海面下的身影。可是,当他向外看去的时候,也被吓了一跳。因为,他看到的不是一条鲜活的海豚,而是一条已经死去的海豚。

死海豚正翻着肚皮,面目全非的头部就从外面贴在玻璃窗上,死不瞑目的眼睛正好和亨特的眼睛对视到一

起。亨特被吓出了一身冷汗,他赶紧将头从玻璃旁离开,这才明白了刚才索菲亚的反应。不仅亨特和索菲亚看到了死海豚,秦天和劳拉也看到了一条死海豚从玻璃窗前漂过。海豚不仅死了,它的鱼鳍和身体一些部位的肉也被用刀割掉了,简直是惨不忍睹。

劳拉看到海豚的惨状,差点儿吐了出来。"是谁这么卑鄙无耻?竟然会屠害如此可爱的海洋动物。"

"我早就听说过有些卑鄙的国家以科学研究为名捕杀海豚和鲸鱼,其实只是为了割掉它们的鳍翅高价出卖,谋取不义之财。没想到今天真的目睹这一切,那些无耻之徒被我抓到,我绝饶不了他们。"秦天越说越气愤。

随着潜艇向前运动,他们看到了更多的死海豚,而且都是如出一辙地被割去了鱼鳍。越是靠近海豚湾,死海豚的数量越多,昔日的海豚天堂,如今已经变成了海豚的地狱。

"看来我们这次海豚湾之行是来对了,即使找不到蓝狼军团的海底研究所,也要找到屠杀海豚的邪恶之徒,

将他们绳之以法。"劳拉说。

突然,人力潜艇剧烈晃动起来,这说明海水掀起了波澜。秦天猜测一定是有排水量较大的船只从附近经过,才会引起了海水的变化。于是,他快速摇动一根摇杆,一根管子慢慢地从人力潜艇的顶端升起,最终露出了海面。这是一个潜望镜,通过手动操纵可以全视角旋转,观察到海面上的各个方向。秦天将一只眼贴到观察孔上,慢慢地摇动手柄,操纵着海面上的观察筒徐徐地转动。一艘大型的货轮出现在潜望镜的视野中,在货轮的甲板上站着一个人,他的周围站着几个贴身保镖。秦天一眼便认出了这个人,他就是克罗斯。

克罗斯在这里做什么?秦天满腹疑云,静静地观察着克罗斯的一举一动。在甲板上除了克罗斯和他的保镖,还站着几个身穿水手服的人,他们的手里都拿着鱼枪。

看到这里,秦天已经猜出了八九分。他想,原来这些海豚竟然是克罗斯这个人面兽心的家伙捕杀的。秦天没有猜错,不久他便看到那几名水手举起了手中的鱼枪,

齐刷刷地向海面上发射出去。

"吱——"一声悲惨的嘶叫从海面上传来，那声音就像孩童的哭泣，刺痛了红狮军团每个人的心。

"这群混蛋肯定是又射中一条海豚了。"亚历山大怒发冲冠，"我要到海面上去收拾这些坏蛋。"

"别冲动！"朱莉拉拽住了亚历山大，"小不忍则乱大谋。"

"什么忍不忍，谋不谋的，路见不平就要一声大吼，待在龟壳里做缩头乌龟不是我的作风。"亚历山大固执地将排水踏板踩了下去。

水箱的水被迅速排出，潜艇开始向海面上浮去。朱莉见无法阻止亚历山大便说："拯救海豚的任务交给我，你在暗中掩护我。"

亚历山大当然不同意，以他的性格怎么可能让女生冲锋陷阵，而自己躲在后面呢。可是，朱莉已经抢先穿好了潜水服，她推开潜艇的舱盖，潜入了海水之中。

"小心！"无奈，亚历山大只好小声地叮嘱。

朱莉转眼间已经游出了十几米,直奔那条已经中枪的海豚而去。

亚历山大怕被船上的人发现,只好将潜艇再次潜入了水中,在水下悄悄地跟随朱莉一起前进。

海豚身中三枚箭形子弹,这种子弹是专门用来捕杀海洋中的大型动物的。箭形子弹上有两个倒钩,而且有一根坚韧的细绳和鱼枪相连,子弹射入海豚体内后用力一拉,倒钩便会勾在海豚的肉里。

此时,轮船上的水手正在收紧鱼线,想将海豚拽到货轮附近,然后再用渔网打捞上去。在拽动海豚的过程中,倒钩刺痛了海豚的身体,它不停地发出痛苦的哀号声,好像是在祈求人类放过它。

朱莉加快速度,游到了海豚身边,目睹了海豚在水中痛苦翻滚的场面,她心里一阵阵绞痛。朱莉抽出一把锋利的匕首,朝着其中一根渔线划去。

"咔!"一声清脆的响声之后,绷紧的渔线被划断了。甲板上正用力拖拽的水手连续向后退了几步,仰面

朝天狠狠地摔倒在甲板上。另外两名水手明显感觉到分配到他们身上的重量更大了，于是使出了浑身的力气向后收线。

朱莉手起刀落，咔咔两声，将另外两根鱼线也都划断。这两名水手由于用力过猛，在鱼线被划断之后身体迅速地向后倒去，其中一个竟然连翻了两个跟斗，从甲板上冲了出去，扑通一声掉进了海里。

"救我，快救我！"落到水里的水手在海面扑腾着，朝船上大声呼救。

克罗斯看到这三名水手竟然没有将一只海豚拉上船来，恶狠狠地骂了一句："都是蠢货，死不足惜。"

说完，克罗斯转身进了船舱。而甲板上的几名水手赶紧朝海里扔下了一个救生圈。落水的水手总算抓到了救命稻草，死死抱住救生圈不肯放手。可是意想不到的事情发生了，这名水手突然感觉到有什么东西抓住了他的腿，在用力地把他往海里拖。

"啊——救命，救命啊！"水手惊恐地喊叫起来。

站在甲板上的水手不知道发生了什么，还以为这名水手在开玩笑。几秒钟之后，这名落水的水手便从海面消失了，海面上只留下了一股股的气泡，没有出现任何血迹。此时，站在甲板上的水手才知道真的出事儿了，他们慌忙跑进船舱向克罗斯报告。

# 第十二章

## 潜入海豚湾

克罗斯并不在意水手的死活，只是不紧不慢地走出来察看。他本以为水手是被海中的鲨鱼攻击了，但却没有发现点滴的血迹出现在海水中。克罗斯是个聪明人，联想到刚才鱼线突然崩断的事情，他马上猜到了真正的原因。

"海底下有人，马上加强防护。"克罗斯对保镖命令道。

克罗斯是一位世界级的富翁，打他主意的人不知道有多少，所以他赶紧在贴身保镖的保护下离开了甲板。其他几名保镖和水手则躲在船舷后面，手握步枪和鱼枪牢牢地盯着海面，希望能够发现水中的人，一枪将他干掉。

海面上没有任何可疑的迹象，海水翻着微微的水浪，在阳光的照耀下发出闪闪的粼光。可是在海面之下，一

场角斗却在暗中进行。刚才那名水手是被秦天拖下去的。秦天将水手拖入水下之后，试图将他的双手捆住。这名水手奋力反抗，想挣脱秦天的束缚，逃回海面。秦天只好动用武力，几拳将他打晕，然后将一个氧气罩套在了他的头上。秦天可不想让这名水手死去，因为他想从这个人的口中得到海豚湾的真实情况。于是，秦天在水下托着他向远处游去，在那里水手将会被塞进人力潜艇。

再看看朱莉，她正在水下帮海豚拔掉身上的箭形子弹。海豚是聪明的水生动物，而且喜欢亲近人类，有资料记载海豚曾救过落水的渔民，保护他不受鲨鱼的攻击。就是这样一种通晓人性的生灵，却被一些恶毒的人捕杀，真的是令有良知的人痛心。海豚能分出人的善恶，这只受伤的海豚知道朱莉是来救它的，所以它并不反抗，只是静静地忍受着箭形子弹被拔出时的疼痛。

三枚箭形子弹从海豚的身体中被拔出的时候，倒钩上都挂着海豚粉红的肉。幸好，这些子弹只是射中了海豚肥厚的脂肪，并没有伤及它的内脏。被救出的海豚围

着朱莉游了一圈,便摆动着身躯向远处游去了。朱莉相信这只海豚具备良好的自愈能力,依旧会活蹦乱跳地生活在这片海域。当然,这一切都有一个前提,那就是没有人再继续对它进行捕杀。

亚历山大一直操作着人力潜艇跟在朱莉的身后,看到朱莉成功地将海豚救出,他也无比高兴。靠近货轮的地方容易被甲板上的人发现,所以朱莉游到了很远的地方才爬进人力潜艇中。

在秦天和劳拉的那艘人力潜艇中,那名被抓来的水手已经苏醒过来。看到自己被关进了一个狭小的空壳子里,他挣扎着想跑出去。

"你别浪费力气了,这是一艘迷你潜艇,如果不浮到水面上去,盖子是打不开的。"秦天不紧不慢地说。

这名水手瘫软在潜艇里,怯懦地问:"你们不会杀了我吧?我只是捕杀了几条海豚而已。"

秦天冷冷地一笑:"那可不一定,除非你老老实实地回答我的每一个问题。"

被抓来的水手看着秦天，心中充满了恐惧。虽然秦天说话的声音不大，也没有凶悍的表情，但这更令人胆寒。水手知道越是大声咆哮的人，往往越是虚张声势；而无声无语的人，却往往是狠角色。

"你问吧，只要是我知道的肯定全都告诉你。"水手可不想像那些被自己杀死的海豚一样永眠于大海之中。

"第一个问题，你们为什么要猎杀海豚？"劳拉抢先问。

"因为克罗斯喜欢吃海豚鳍翅。"水手答道。

"第二个问题，克罗斯到底是一个什么样的人？他和蓝狼军团是不是一伙的？"秦天问。

水手迟疑片刻，答道："据我所知克罗斯是一位伪善的富商，他表面上做了很多慈善的事情，但背地里却不择手段地赚钱。比如，在海豚湾开采油田就是违法的，因为他没有经过任何环保部门的批准。而且，他经常带着我们捕捉海豚，供他享用。至于克罗斯和蓝狼军团有没有关系，我就真的不知道了。"

秦天盯着水手的眼睛，冷冷地说："你再想想！"

仅仅是一个眼神便令水手不寒而栗，他低着头不敢再看秦天的眼睛，不情愿地说："克罗斯雇用了很多雇佣兵来保护他的油田，但那些雇佣兵的身份很神秘，我真的不知道他们是不是蓝狼军团的人。另外，克罗斯乘坐的那艘货轮其实已经被改装成了一艘军舰，很多武器都藏在船舱中，甚至包括攻击舰船的导弹。"

这是一条非常重要的信息，秦天和劳拉都为之震惊。如果克罗斯就是一名普通的商人，他又何必雇佣士兵，而且将货轮改装成军舰呢？看来海豚湾还有更多的秘密，他们这次是来对了。

"我把知道的事情都告诉你们了，现在可以放了我了吧？"水手恳求道。

秦天和劳拉没有回答水手的问题，因为他们另有想法。

劳拉问："你叫什么名字？"

"巴飞特。"

劳拉笑了笑："这个名字不错,和股神同名。"

水手辩解道："我们的名字不一样,我是飞翔的'飞',他是芳菲的'菲'。我的更阳刚,他的有些阴柔。"

"哈哈!"秦天忍不住笑出声来,"看来你是一个很有志向的人。"

"当然,要不然我也不会在克罗斯的手下做事情。我就是要向这位世界级的富翁学习生财之道,变成比他更富有的人。"巴飞特说到自己的理想时神采飞扬。

"要做事,先做人。"秦天盯着巴飞特,"难道你也要学克罗斯为富不仁吗?"

"不,我不会的。其实,我也想阻止克罗斯对生态环境的破坏,可是就凭我的力量根本不可能。"巴飞特说。

秦天趁机说:"我早就看出来了,你是一个天性本善的人。只要你肯帮助我们,克罗斯的破坏活动就一定能够被阻止。"

"帮助你们?"巴飞特疑惑地看着秦天和劳拉,"你们到底是什么人?真的能放了我吗?"

秦天将红狮军团与蓝狼军团之间的故事简要地讲给巴飞特听,并告诉他蓝狼军团正在秘密研制核导弹,而这一切可能和克罗斯有着某种联系。

"我愿意帮助你们。"巴飞特的正能量被调动起来,"我知道如何安全地进入海豚湾的油井平台。"

秦天和劳拉相视一笑,这可是一个意外的收获,多了一个帮手就多了一条路。从潜望镜中看去,克罗斯的货轮已经驶离了。巴飞特见克罗斯并不在乎他的死活,也就更加愿意为红狮军团提供帮助了。

克罗斯的货轮正在向海豚湾深处的油田区行驶,他丝毫不担心有人闯到他的地盘上来,因为这里已经设下了重重机关,凡是擅自闯入者必定有来无回。可是,克罗斯万万没有想到落入海中的水手不但没有死,反而成为了红狮军团的帮手。此时,红狮军团的人力潜艇已经在巴飞特的引领下,向着海豚湾的油田区秘密地进发了。

三艘人力潜艇发生了队形变化,秦天和劳拉操作的潜艇变成了第一艘,亨特和索菲亚的潜艇位于第二,而

亚历山大和朱莉的潜艇则变成了队尾。巴飞特带领的路线与红狮军团预定的路线果然不同，他没有选择从海豚湾的正面进入，而是先向右侧行进了大约十海里，然后才转过弯来向油田区前进。

秦天和劳拉都曾对巴飞特产生过怀疑，担心他将红狮军团带入克罗斯设计的陷阱之中。但是很多事情都是不确定的，特种兵更需要冒险的精神，否则就会变得缩手缩脚。秦天时刻保持着警惕，以便应对突发的情况。巴飞特没有欺骗他们，他选择了一条最安全的路线。克罗斯以油田为中心，在海豚湾十海里到二十海里的水域范围内布设了水雷。当然，克罗斯不可能将自己封闭在油田里，他需要将一桶桶的原油运出去，所以在南北两侧各留了一条航道。这两条航道只有很少一部分人知道，而巴飞特经常跟随克罗斯的货轮从这两条航道外出捕猎海豚，所以才清楚地记住了。

巴飞特果然没有说谎，劳拉透过人力潜艇的玻璃窗看到了悬浮在水中的水雷。这些水雷的深度不一，有些

悬浮在距离海面五厘米的深度,有些则悬浮在十几米的深度,这是为了对付不同排水量的舰船而设置的。

看到这些西瓜大小的水雷悬浮在水中,他们惊出了一身身冷汗,都在想多亏秦天抓到了这名水手,否则在情况不明时向海豚湾的深处前进,想必此时已经触雷身亡了。

在安全的航道上,穿越十海里的水雷区,人力潜艇驶入了海豚湾的油田区。通过潜望镜,秦天看到海面上矗立着一座座钢铁城堡,那是开采海底石油的油井。一座座油井平台上,工人们不停地忙碌着,一桶桶的原油被油井从海底抽出,注入油桶中。在油井附近,一片片黑褐色的油污漂浮在海面上,无数的死鱼被油污包裹着,散发出一阵阵的恶臭,昔日蓝色洁净的海面,此时俨然已经变成了一片污水。看到此情此景,他们暗下决心,无论克罗斯是否与蓝狼军团有瓜葛,他们都要想尽办法阻止克罗斯对海豚湾的开发,因为克罗斯是在犯罪——对全人类犯罪。

# 第十三章

## 爬上轮船

克罗斯的轮船就停在一座油井平台附近,秦天看到轮船的甲板上站着几个全副武装的雇佣兵,他们正警觉地观察着海面上的风吹草动。

"劳拉,你看看这些雇佣兵是不是蓝狼军团的成员?"秦天仔细看了半天,还是不敢确定。

劳拉凑到潜望镜前仔细察看,只见这些雇佣兵穿戴着统一的装备:一身海军迷彩、头戴凯芙拉头盔、漂亮的战术偏光镜、突击步枪、高腰的陆战靴,还有集成在头盔中的单兵对讲系统。

"他们这身装备还真不错!"劳拉感叹道,"可惜穿在了这些邪恶之徒的身上。"

"那他们到底是不是蓝狼军团的成员?"秦天又问。

劳拉摇了摇头:"看样子应该不是,因为蓝狼军团

成员的胸前都印有一个狼头的标志，而这几个人的身上没有。"

虽然这些人可能不是蓝狼军团的人，但他们却被克罗斯雇佣，为他在海豚湾违法开采石油的行为保驾护航。所以，要想阻止克罗斯的恶行，就必须先制服这些雇佣兵。为了不被雇佣兵发现，红狮军团决定在天黑之后采取行动。在天黑之前，他们对轮船周围的情况进行了详细的侦察，并选择好了爬上轮船的地点。

巴飞特画出了一张轮船的结构图，这为红狮军团上船之后的行动提供了参考依据。这艘轮船共分三层：甲板上一层，甲板下两层。在甲板上的一层除了轮船的操作间，还有几间储物仓；第二层是一个小型机库，停放着几架舰载直升机和垂直起降飞机；第三层主要是人员居住和用餐的地方，包括雇佣兵和水手的卧室、克罗斯的卧室和办公室，以及一个多功能餐厅。

天黑之前，红狮军团已经做好了充足的准备，这符合他们不打无准备之仗的一贯作风。当夜幕降临之后，

海豚湾的油田区并没有像红狮军团昨晚夜宿的海域那样漆黑一片，因为这里林立的几座油井上都开着照明灯，轮船的瞭望塔上也是灯光耀眼。

毕竟在辽阔的海面上，灯光能够照亮的地方只是那么一小片，而距离光源越远光线变得越昏暗。人力潜艇神不知鬼不觉地浮出水面，就紧紧地贴在轮船下，而这里则是灯光照射的死角。打开人力潜艇的舱盖，一个个黑乎乎的脑袋从里面冒出来。秦天抬头望去，海面距离轮船的甲板至少有两层楼的高度，爬上去至少需要二十秒的时间。

在甲板上有一名手持步枪的雇佣兵，他来回地在甲板上走动着，目光投向轮船周围的海域。但是，他却没有想到此时此刻敌人已经到了他的脚下。亨特打了一个手势，示意开始行动。秦天抓住从轮船上抛下来的一根锚绳，双脚蹬住船板快速地向上爬去。巴飞特见到秦天敏捷的动作，小声赞叹道："果然是高手！"

劳拉一把将巴飞特的嘴捂住，将他按到潜艇里，关

上了舱盖。按照计划,劳拉并不爬上货轮,这有两个原因:第一,上船后的行动不能预测,必须留下一个人负责接应;第二,巴飞特的话不能全部相信,把他留在潜艇里当作人质是安全的举措。

秦天双手交替拉着绳子,两脚依次向上前进,陆战靴鞋底的防滑齿纹则起到了很好的防滑作用。绳降训练是特种兵最基本的训练科目,他们可以顺着一根绳子快速地升降,所以今天的战术动作对秦天来说是小菜一碟。就在他的头马上要冒出去的时候,秦天突然停止了运动,他小心翼翼地探出头观察甲板上的情况。那名执勤的雇佣兵正从甲板的另一端朝秦天这边走来,丝毫没有发现已经有人即将翻身跃上甲板。

秦天按兵不动,静静地等待着雇佣兵走到他的跟前。"噔!噔!噔!"脚步声越来越近,秦天的头向下缩了缩,生怕被雇佣兵发现。突然,脚步声就在距离秦天不到十米远的地方停止了。秦天紧张得屏住了呼吸,仿佛自己的心跳也跟着停止了。

在甲板上，雇佣兵低头看了看脚下，然后蹲下身来从甲板上捡起了一张一百美元的钞票。他心想："这是哪个小子丢的，今天我的运气真好。"

秦天并不知道雇佣兵是因为捡到钱而停下了脚步，还以为自己被发现了，所以已经做好了最坏的打算。"噔！噔！噔！"当脚步声再次响起的时候，秦天才长长地出了一口气。脚步声已经来到了秦天的头顶，他嘴里叼着一把锋利的匕首，双手紧紧地抓住绳子，两条腿猛地一用力。就在眨眼之间，秦天的身体已经翻到了甲板之上，他以闪电的速度使出了一个剪刀腿。

只见此时，秦天和雇佣兵的身体都倒在了甲板上，不同的是秦天的双腿紧紧地夹住了雇佣兵的脖子，将其咽喉紧紧地锁住。"别出声，不然要了你的命！"秦天将尖刀顶在雇佣兵的喉咙处，小声地威胁道。

雇佣兵非常配合地束手就擒，他想世界上没有白捡的钱，这不没几秒钟自己就倒大霉了。转眼间，秦天的身边已经出现了几个人。他们是亨特、索菲亚、亚历山

大和朱莉。见秦天已经麻利地解决掉了这个碍事的家伙,大家都朝秦天竖起了大拇指。将这名雇佣兵的嘴塞上以后,秦天将他拖进了甲板上的一间储物仓。按照巴飞特画出的轮船结构图,他们开始向轮船的第二层走去。

通向第二层的阶梯可以容纳两个人并排通过,但是红狮军团却没有并排而行,他们排成一路纵队,蹑手蹑脚地朝第二层走去。很快,他们从阶梯上走下,进入了第二层的机库。机库中停放着两架舰载直升机,一架反潜飞机,还有一架舰载战斗机。在每一架飞机停靠点都有一台升降机,而轮船的甲板是可以向两侧展开的,这样飞机就可以从第二层直接升到甲板上去了。

他们没有想到一艘看似普通的货轮却隐藏着如此具有攻击性的武器。亨特小声地说:"看来克罗斯绝对不是好东西,咱们必须把他的飞机毁掉。"

亚历山大是爆破高手,他身后的背包中装有好几枚遥控炸弹,这次算是派上用场了。红狮军团分头行动,准备将遥控炸弹安放到飞机上。可就在这时,一阵脚步

声从下而上传来。从脚步的声音判断，应该不止一个人。亨特赶紧示意大家躲到飞机的后面，准备发起突然袭击将来人制服。

秦天想起了甲板上发生的一幕，灵机一动从口袋里掏出一张钞票扔在了阶梯的入口处。脚步声越来越近，而且他还听到了两个人的对话。其中一个说："今天发生的事情太怪了，你说那只海豚是不是被人救走的？"另一个答道："谁知道呢！反正老板挺紧张的，他一直担心红狮军团会找到这里来。"第一个人又说："红狮军团特种兵不是都被炸死在潜艇里了吗？"

听到这里，秦天马上明白了一件事情：克罗斯和蓝狼军团绝对是一伙的，要不然克罗斯的手下怎么会知道蓝狼军团驾驶反潜飞机攻击红狮军团潜艇的事情呢？

一只脚已经从阶梯上迈出来了，秦天藏在距离最近的一架飞机后面屏住了呼吸。紧接着，一个全副武装的雇佣兵走了上来，看样子应该是到甲板上去换班的。他的后面还跟着另一个人，但这个人看样子不是雇佣兵，

而是一名水手。

"等等!"突然,后面的水手叫住了前面的雇佣兵。

"你搞什么鬼?"雇佣兵回头问。

水手拍了拍雇佣兵的肩膀:"老兄,你的脚下正踩着一张百元大钞。"

雇佣兵低头一看,果然自己的右脚正踩着一张钞票,不禁大喜:"哈哈!踩在我脚下,可算是我捡到的。"说着,他便弯腰去捡钞票。

"喂喂喂!是我提醒你的,所以有我一半。"水手也抢着去捡。

两个人都弯下腰去捡这张钞票,可是这张钞票却粘在了雇佣兵的鞋底上,所以他们不敢用力去扯。就在两个人小心翼翼地把钞票从鞋底上揭下来的时候,两个黑影突然闪了出来,分别锁住了两个人的脖颈。

# 第十四章

## 海狼计划

秦天和亚历山大将这两个家伙制服。秦天从雇佣兵的脚下扯下那张百元大钞,把粘在钞票上的口香糖弄掉,将钱放回了自己的口袋里。看来这招还真是屡试不爽,"贪"永远是悬在头上的一把尖刀。

大家动手将这两个人藏在了机身下,并麻利地将遥控炸弹装在了每架飞机的机腹部位。为了保险起见,亨特命令亚历山大留在第二层的机库中,隐藏在角落里观察是否有人从上面走下去,为下面的人通风报信。

其他人悄悄地进入了第三层,这里有一条狭长的走廊,在走廊的两侧是一间间被隔开的房间。根据巴飞特的描述,克罗斯的房间位于走廊右侧的中间位置。走廊里灯光昏暗,每个房间的门都紧闭着,静得如同医院里的停尸间。四个人小心翼翼地朝克罗斯的房间走去,其中索菲亚

和亨特并列在前,秦天和朱莉倒退着并列在后。

秦天和朱莉刚刚倒退着从第三个房间经过,门便吱的一声被向里拉开了。四个人赶紧贴在门旁边的墙壁上,一动也不敢动。从门口先迈出了一只穿着拖鞋的脚,紧接着一个穿着背心和短裤的男人出现了。

秦天从侧面一把搂住这个人的脖子,将他推回了屋子里。这个人两腿猛蹬,想挣脱秦天的束缚。朱莉紧紧地抓住了他的两条腿,随手从房间里扯下一条床单,将他的四肢捆住,并在他的口中塞了一条毛巾。

秦天和朱莉将这个人锁在卫生间里,然后轻轻地锁上房门,继续向克罗斯的房间走去。克罗斯的房门紧闭着,亨特将耳朵贴到门上,隐隐约约听到里面有人在谈话。朱莉和索菲亚分别位于两侧,警觉地观察着走廊里的情况。

秦天也将耳朵贴到了门上,他的听觉比一般人的要灵敏很多,这要感谢他还没有完全退化的动耳神功。他的耳朵微微转动,紧紧地贴到了门缝上,很快听到了两

个男人的对话。

房间里,克罗斯坐在老板椅上,两只脚搭在面前的办公桌上,一副唯我独大的样子。在他的身旁站着一位彪形大汉,他叫乔治,退役于美国绿色贝雷帽特种部队,现在是克罗斯最器重的贴身保镖。

克罗斯的嘴里叼着一根雪茄,乔治赶紧打着打火机为克罗斯点燃雪茄。克罗斯深深地吸了一口雪茄,问道:"乔治,你说那几个红狮军团的特种兵真的已经死了吗?"

乔治毕恭毕敬地回答:"据蓝狼军团所说,他们已经炸毁了红狮军团特种兵所驾驶的潜艇,按理说已经死了。"

"嗯!"克罗斯微闭着眼睛,"但愿吧,不过这几天我的眼皮总是不停地跳,好像有什么倒霉的事情要发生一样。说实话,我真担心那几个家伙没有死,如果那样的话,咱们的计划就要受阻了。"

"老板,您别担心,就凭那几个家伙的智商,即使活着也斗不过您。"乔治奉承道,"别忘了,您只是略施小计就把他们骗得团团转了。"

在门外偷听的亨特和秦天听到此处,被气得肺都快炸了。原来,这一切都是克罗斯的阴谋,而他们最亲密的战友——布莱恩就是死在了他的阴谋之下。秦天和亨特强忍怒火,继续往下听,他们要彻底弄明白克罗斯为什么要这样做。

克罗斯得意地说:"如果我没有过人的智商,能成为世界级的富翁吗?总之,谁挡了我的发财路,谁就只有死路一条。"

乔治逢迎道:"老板说得对,您这是先下手为强。如果被红狮军团知道您和蓝狼军团合作开采海豚湾的油田,他们一定会竭尽全力阻挠的。"

"你以为蓝狼军团是什么好东西吗?"克罗斯冷冷地说,"他们还不是想借助我的财力发展核潜艇和洲际导弹。我们这叫相互利用,各取所需。"说着,克罗斯从办公桌上拿起了一份文件,这是蓝狼军团的核潜艇研制方案。克罗斯看着这份名为"海狼计划"的研制方案,阴险地笑了笑,说道:"要想办法让蓝狼军团听从我的指挥……"

"嘭!"克罗斯的话还没有说完,门便被猛地撞开了。亨特和秦天手持步枪冲了进来,把枪口对准了克罗斯和乔治。

"不许动!你们这两个无耻之徒总算露出了狐狸尾巴。"亨特气愤地说。

克罗斯和乔治被突然出现的红狮军团特种兵吓傻了,心想这几个人不是已经死了吗?

秦天走到办公桌前,拿起了那份名为"海狼计划"的核潜艇研制方案,冷冷地说:"对不起,让你们失望了,我们还好好地活着。"

"快说,蓝狼军团的核潜艇研究所在哪儿?"亨特用枪指着克罗斯问。

克罗斯不愧是老狐狸,他已经恢复了平静,不慌不忙地说:"这还用问我吗?你们手上拿到的那份研制方案上不是写得清清楚楚吗?"

秦天草草地翻看了几页方案,上面果然写着蓝狼军团潜艇研究所的位置,它就在"海狼岛",这也是这份研

究方案为何叫"海狼计划"的原因。

秦天将这份研究方案塞进挎包里,兴奋地说:"看来这次算是来对了。"

"哈哈哈!"克罗斯突然疯狂地笑了起来,"你以为你有本事将这份文件拿走吗?"

亨特和秦天不知道克罗斯何出此言,莫非他早已经布下了陷阱?

门外只剩下了朱莉和索菲亚,这两个人水火不容,分别位于门的两侧负责警戒,谁也不理谁。意想不到的事情发生了,索菲亚突然一个箭步冲到了朱莉的身边,将手枪顶在了朱莉的头上。

"你们谁也不许动,不然我一枪打死她。"索菲亚眼冒凶光。

亨特还以为自己听错了,回头看去,见索菲亚的确正用枪指着朱莉的脑袋。"索菲亚你疯了吗?"亨特不敢相信这是事实。

"你才疯了呢?"索菲亚以嘲讽的口吻说,"我是克

罗斯的人,你们没想到吧?"

"不,这不可能。"亨特还是不愿相信这个事实,"咱们曾经一起出生入死,你怎么可能是出卖战友的人呢?"

朱莉冷笑道:"亨特,看来你中毒不浅啊!"

亨特当然知道朱莉是在讽刺自己,平时他和索菲亚最亲近,这都是被索菲亚的美貌所迷惑造成的。

别说亨特,就连秦天也没想到叛徒竟然是索菲亚。现在回想起来,索菲亚一直诬陷朱莉是叛徒,都是为了掩人耳目,让红狮军团变得不团结。

"索菲亚,你能告诉我这是为什么吗?"亨特似乎忘了自己的处境,非要弄个明白不可。

"你说还能为了什么?"索菲亚反问道,"克罗斯给我的薪水,一个月的都够我花一辈子了。"

"钱!"亨特艰难地吐出了这个字,"难道你忘了红狮军团的誓言吗?我们只为正义而战。"

"让那些誓言见鬼去吧!"索菲亚激动地说,"没有钱我能买高档的化妆品吗?没有钱我能买漂亮的衣服

吗？没有钱我能住上宽敞的别墅吗？"

"索菲亚，你变了。"亨特简直不敢相信这些话是从索菲亚的嘴里说出来的，"从此以后，我们不再是战友，而是敌人。"

克罗斯已经没有耐心听他们讲下去了，他朝乔治大喊了一声："把他们都给我绑起来。"

秦天和亨特本想反抗，可是他们不愿看到朱莉发生危险，只好将手中的枪扔到了地上。

"别管我！你们快跑。"朱莉是何等高傲的人，她宁死也不会屈服，竟然一只手抓住了索菲亚的枪，大喊道："你杀了我，快呀！"

"别以为我下不了手，我早就看你不顺眼了。"索菲亚的手指已经触到了扳机上。

"砰！"一声枪响，几乎将秦天和亨特的心都震碎了。他们不愿相信这么快就又失去了一位战友。

## 第十五章

## 虎口脱险

枪声响起,但中弹的并不是朱莉,而是索菲亚。枪声过后,索菲亚痛苦地倒在了地上,血染红了地板。

"快跑!"紧接着,走廊里传来了一声大吼,那是亚历山大的声音。

原来,亚历山大忍不住走了下来,正看到这一幕,便一枪击中了索菲亚。不过,他并没有击中索菲亚的要害,因为他下不了手。

突如其来的变化令克罗斯和乔治防不胜防,他们迅速举起枪朝亨特和秦天射击。秦天和亨特灵活地躲闪,从地上捡起了枪,一边还击,一边冲出了房间。

克罗斯躲在办公桌后面大喊:"快按下警报,把他们截住。"

枪声惊动了船上的雇佣兵,再加上急促响起的警报,

一名名雇佣兵手持武器从房间里冲了出来。

亚历山大勇猛冲锋，一阵狂野的扫射将挡在前面的两名雇佣兵击毙。乔治带着几名雇佣兵从后面追来，手中的枪不停地发射子弹。秦天和亨特跑在最后面，他们将腰压低，拼命地奔跑着。

突然，亨特觉得小腿一软，一下子单腿跪在了地上，他知道自己的小腿中弹了。秦天一把拉起亨特，从腰间摸出一枚手雷，扬手扔了出去。追兵见一枚手雷飞来，吓得魂不附体，有的趴在了地上，有的推开旁边的门躲进了屋里。

"轰！"一声巨响传来，走廊里顿时硝烟弥漫。此时，秦天已经搀扶着亨特走上了阶梯，直奔船舱的第二层。

亚历山大一路过关斩将，已经冲上了船舱的甲板。甲板上只有几名水手，他们不敢靠近亚历山大，吓得躲到驾驶舱里不敢出来。

朱莉也冲上了甲板，然后回头伸手去拉受伤的亨特。

秦天将亨特的身体向上一推,将他送上了甲板。"你们跳下去!"秦天大喊了一声,自己却并没有立刻跳到甲板上去。

"你留下来干什么?还不快走!"亚历山大朝秦天大喊。

秦天亮出了手中的遥控器:"我可不能就这么便宜了他们,要把那几架飞机炸掉才行。"

亚历山大憨憨地一笑:"嘿嘿!我咋把这事儿给忘了。"

朱莉和亚历山大一左一右地架着亨特向船边跑去。秦天看到他们纵身跳入了海中,这才来到了甲板边缘。乔治带着十几名雇佣兵已经追了过来,十几杆枪同时对准秦天射击。

秦天张开双臂做了一个潇洒的飞翔动作,纵身向下跳去,同时按下了手中的遥控器。

"轰轰轰——"

接连几声巨响,轮船的甲板被爆炸产生的冲击波掀开。一架架飞机瞬间变成了废墟,雇佣兵也是死伤众多。

轮船燃起了熊熊大火,乔治大喊着:"快救火!快

救火！"

水手们赶紧打开轮船的消防系统，巨大的水柱向火苗喷去。克罗斯冲出了船舱，他担心轮船的大火控制不住从而引发一系列的爆炸，所以命令手下抛下一艘救生船，然后带领几名贴身保镖跳了上去。

跳到水里的红狮军团特种兵已经进入了人力潜艇中。亨特的小腿受伤，不能再踩踏板，所以朱莉进入了他乘坐的那艘人力潜艇。由于担心克罗斯手下的雇佣兵向水面发动攻击，他们迅速操控人力潜艇沉到了水下。巴飞特继续充当向导，指引秦天和劳拉操控人力潜艇沿安全通道驶离海豚湾。

劳拉从潜望镜中望去，只见轮船的甲板上火光冲天，映红了半边天。她真为自己没能参加这场畅快淋漓的战斗而后悔。劳拉闭上眼睛，心想已经到达天堂的布莱恩看到他们报了一箭之仇，肯定会高兴得笑出声来的。

劳拉并不知道索菲亚就是叛徒的事情，当她发现索菲亚没有返回的时候，以为她已遭不测。当秦天将事情

的真相告诉她的时候,劳拉的脑袋嗡了一声。说实话,劳拉从来没有怀疑过索菲亚,她甚至相信了索菲亚的话,以为朱莉才是叛徒。这真是人心隔肚皮,做事两不知,从此劳拉牢牢记住了一个道理:人的外貌是会骗人的。

在所有人中,最伤心的应该是亨特。他坐在人力潜艇中一言不发,至今他仍不愿相信背叛红狮军团的人竟然是索菲亚。

秦天从挎包里掏出这份名为"海狼计划"的绝密方案,从头到尾仔细地阅读着。劳拉虽然没有看到方案上的文字,但她从秦天越皱越紧的眉头可以看出,这份文件中绝对隐藏着惊天的秘密。

在这份文件中,有一个地名反复出现,那就是"海狼岛"。秦天的目光停留在"海狼岛"这三个字上,思维却快速地运转,似乎穿越到了这个神秘的岛屿上。

在太平洋深处有一座由火山喷发形成的小岛——海狼岛,它极其隐蔽的地理位置让这里成为一座天然的海军基地。在海狼岛上,蓝狼军团正在秘密地建造一艘新

型核动力潜艇——"海狼号"。

一旦这艘潜艇建成,它将成为世界上最先进的核潜艇。"海狼号"绝对是核潜艇中的大块头,排水量达到了上万吨,下潜深度能够达到六百米,这使"海狼号"变得更加隐蔽。

这还不算什么,按照设计方案,这种潜艇还将实现水下行走功能。也就是说以前的潜艇只能在水中游行,而"海狼号"则可以静静地待在海底,并像汽车在陆地上行驶那样在海底行走。

在海狼岛上的一座高大的建造台上,工人们正对"海狼号"进行最后加工。布鲁克带领几个手下来到建造台上,这艘先进的潜艇将成为他们的得力助手。从上向下看去,布鲁克看到四个大大的圆洞,就像被掀起了井盖的下水道。当然,这些大圆洞绝不会是下水道,而是导弹的发射井。

雷特显然很兴奋,说实话他还是第一次看到潜艇,而且是正在建造中的潜艇。于是,他兴致勃勃地问道:

"这艘潜艇发射的导弹能打多远?"

"地球上任何一个角落。"泰勒自豪地说。

雷特更兴奋了:"那岂不是想打谁就打谁?"

"当然!"泰勒双手抱在胸前,"我们将要装备的洲际导弹,可以安装到潜艇上,从水下发射。另外,这种导弹可以携带核弹头,想消灭谁就消灭谁。"

"牛!"雷特赞叹道,"有了这种武器看谁还敢惹咱!"

布鲁克眯着眼睛,一副目中无人的样子,不紧不慢地说道:"这个世界上除了红狮军团敢和咱们作对以外,其他人已经是听到蓝狼军团的名字就浑身发抖了。"

"哼哼!"艾丽丝一声冷笑,"红狮军团的那几个死对头还不是一样已经惨死在咱们的手下,何必把他们看得那么厉害。"

艾丽丝的话音刚落,布鲁克的手机就响了起来。"喂!"布鲁克按下接通键,将手机放到了耳边。

电话是谁打来的,里面到底都说了什么,其他人不得而知,大家只看到布鲁克的脸色一会儿白,一会儿黑,

一会儿绿……布鲁克终于挂断了电话,垂头丧气。

"到底怎么回事儿?"其他人都凑上来问。

"红狮军团的那几个死对头竟然没有死,而且他们还偷袭了克罗斯的轮船,夺走了'海狼号'的研制方案。"布鲁克失望地说。

其他人异口同声地问:"那我们现在怎么办?"

布鲁克沉默不语,他也被弄蒙了,一时间想不出对策来。最终,布鲁克还是开口了:"咱们的研制方案已经暴露,海狼岛将不再安全,所以我们必须以最快的速度将'海狼号'建造完毕,早日下水。"

海狼岛上,蓝狼军团的雇佣兵严阵以待——防空雷达一刻不停地搜索着空中的目标;防空导弹时刻准备着,随时发射,拦截来袭的敌军战机;岸防火炮对准了海上要道,只要见到敌人的军舰必定开火射击……

## 第十六章

# 海狼出海

蓝狼军团命令工人们昼夜不停地工作,唯恐在"海狼号"竣工前遭到红狮军团的袭击。这些工人有很多是被蓝狼军团抓来的,在雇佣兵的监视下工作,而且得不到有营养的饭菜和充足的睡眠,所以很多工人在工作的时候栽倒在地就再也没有醒来了。

蓝狼军团的雇佣兵根本不会管工人的死活,他们眼里只有一条守则:弱肉强食。他们是野兽,是贪婪的野兽,为了自己的利益会不择手段。别看凯瑟琳是一位女生,她的狠毒却不亚于任何一个男人。"别休息,马上去工作。"话音未落,凯瑟琳手中的皮鞭已经抽到了一位焊接工人的后背上。

"啊——"焊接工人一声惨叫,后背已经被抽出一道鲜红的血痕。他回头愤怒地看着凯瑟琳,心想这个女生

真是蛇蝎心肠。

"看什么看!"说着,凯瑟琳上前又是一脚,这一脚将焊接工人直接踹倒在地上,额头正好磕在焊接工具上,顿时流出了鲜血。

焊接工人再也不敢怠慢,连滚带爬地回到工作岗位上,拿起焊枪一刻不停地焊接起来。潜艇的焊接可不是一般人能做的,这些焊接工人都是蓝狼军团从世界各地抓来的高级技工。

"海狼号"的外部加工与内部装配同时进行,各种各样的电子设备和武器平台令它变成了一艘无敌潜艇。随着最后一个鱼雷发射管安装完毕,"海狼号"也终于竣工了。在巨大机械的吊运下,"海狼号"进入了大海。蓝狼军团的雇佣兵坐到了潜艇里,看着这艘无敌潜艇,他们个个心花怒放。雷特就像一个走入玩具店的孩子,对一切都充满了好奇,看着操作台上密密麻麻的按钮,他不知道该碰哪一个。泰勒直接把他拉到后面,说道:"哪儿凉快,你就到哪儿待着去吧,这里的按钮一个都不要

碰。"

雷特耸耸肩："不碰就不碰，我正想休息一会儿呢！"说着，他坐到了椅子上装起睡来。不过，暗地里雷特却在一直偷偷地观看别人操作潜艇，他可不想失去这次学习的好机会。

"海狼号"向大海深处开去，下潜深度从一开始的十几米慢慢地到达了三百米。布鲁克看着仪表盘上的水压显示器，对这艘潜艇的抗压能力充满了自信。

"继续下潜，挑战一下这艘潜艇的极限深度。"布鲁克命令道。

"是！"

凯瑟琳立刻进行操作，潜艇的压载水舱中被持续地注入海水，潜艇的排水量远远不能支撑它越来越重的躯体，继续向海底沉去。

四百米、五百米，潜艇的压力显示表始终显示正常，这说明"海狼号"在制造工艺上已经超过了目前世界上绝大多数的潜艇。如果它能下潜到设计时所预期的六百

米,那么"海狼号"将成为抗压能力最强的潜艇之一。

当仪表盘上的下潜深度显示为六百米的时候,蓝狼军团兴奋地叫了起来。他们知道潜艇下潜得越深,敌人的探测器就越难探测到,也就越安全,在这一点上"海狼号"已经胜出了。

看着这艘性能先进的核潜艇,布鲁克略有遗憾地说:"虽然这艘潜艇已经无可挑剔了,但它还缺乏一种可以当杀手锏的武器。如果这种武器不能早日装备到潜艇上,它的性能再先进也是一种浪费。"

雷特一听来了精神,从座位上噌地站了起来,凑到布鲁克跟前问道:"你说的杀手锏是什么武器呀?"

"哪儿都有你,快继续凉快去!"泰勒一把将雷特推到了一边。

雷特有些恼火:"你凭什么管我,我也是蓝狼军团的一员,有权知道这些。"

泰勒很讨厌雷特这名新队员,自从他加入以后没少给大家惹麻烦。雷特在加入蓝狼军团之前也不是简单的

人物，自然把谁也都不放在眼里。于是，这两个人竟然面对面地杠上了。

美佳一向是个幸灾乐祸，喜欢看热闹的家伙，竟然躲在一旁想看他们两个打架。布鲁克闻出了两个人之间的火药味儿，赶紧阻止道："杀手锏武器就在这里，大家快过来看！"

这句话果然见效，其他人都围到了布鲁克的身边，但却没有看到布鲁克所说的杀手锏武器。雷特想：布鲁克是不是在耍我们呀？

"嘿嘿，不要着急，杀手锏武器马上就会出现了。"布鲁克故意不紧不慢地按下了操作台上的一个红色按钮。

操作台前面的一个液晶显示屏先是闪烁了一下，然后画面出现了。这是一艘潜艇的三维立体图，他们很快认出这就是"海狼号"的三维图像。"海狼号"先是进行360度的旋转，然后画面的角度改成了俯视图。从俯视图中可以看到，海狼号的脊背上有三个圆形的盖子，布鲁克所说的杀手锏武器就隐藏在这里了。

雷特瞪大了眼睛，紧紧地盯着屏幕上的图像，生怕错过了最精彩的演示画面。只见，潜艇脊背上的一个圆形盖子突然打开了，从里面冒出来一个尖尖的弹头。紧接着，整个弹体也从里面发射出来，从水中向上飞行而去，直至钻出海面，飞上蓝天。

这是一枚潜射导弹。它先是垂直升入空中，然后在几百米的高度平飞，当到达目标区域上空以后，导弹开始降低高度寻找要攻击的目标。当攻击的目标进入视线以后，导弹便一头朝它栽去，将其击毁。

"厉害！厉害！果然是杀手锏武器。"雷特看着动画演示，情不自禁地拍起手来。

布鲁克的嘴角上扬，神气地说："这还不算什么，如果给这种导弹装上了核弹头，那就更加无人能敌了。"

其他人都在围着布鲁克问核导弹在哪里。布鲁克关掉了三维动画演示，神秘地说："核导弹可不是随便能见到的，要知道世界上的那些强国如果知道我们在秘密制造核导弹，肯定会在第一时间发动联合打击，把咱们的

核导弹摧毁。"

"所以,核导弹一定隐藏在一个非常神秘的地方,对吧?"雷特接过了话茬。

艾丽丝白了雷特一眼:"你别插嘴,听布鲁克把话说完。"

布鲁克故作神秘,压低了声音说:"这个地方没有几个人知道,我也不能说。不过,既然咱们已经驾驶'海狼号'出海了,我就带领大家去那里将一枚核导弹装到咱们的潜艇上来。"

所有人的胃口都被吊了起来,他们更加迫不及待地想知道这个神秘的地方到底在哪里。

布鲁克在"海狼号"的导航系统中输入了目的地的坐标,这艘先进的核潜艇便开始了它的首次出海。

# 第十七章

## 触景生情

蓝狼军团的"海狼号"核潜艇虽然已经竣工出海，但是在没有装备核导弹之前，它还不是具有超级杀伤力的武器。所以，红狮军团正在分秒必争地工作着，准备在"海狼号"变成真正的恶魔之前将其摧毁。

回到红狮军团的海军基地，亨特他们第一眼便看到了那个熟悉的身影——"庇护号"。这艘被蓝狼军团击沉的潜艇如今已经被拖到岸边，就像一条已经死去的鱼静静地躺在沙滩上。他们走到"庇护号"的跟前，看到它的舱门已经被打开了。劳拉不敢朝舱门里望，即便如此她的眼睛也已经模糊了。就是这艘潜艇将布莱恩和战友们隔为两世，当他们再次看到这艘潜艇的时候怎能不触景生情呢？

巴飞特站在他们的身后，虽然他不知道这艘潜艇到底发生了什么，但却能从他们的表情中猜出个一二来。

"喂！兄弟们，节哀顺变。"巴飞特突然冒出了这么一句话。

红狮军团的特种兵几乎是同时回过头，一个个都凶狠狠地瞪着巴飞特。亨特瘸着腿走到巴飞特身边，拍拍他的肩膀："兄弟，你永远也不会理解我们的心情。"

巴飞特对这句话很反感，他推开亨特的手，激动地说："谁说我不能理解？又有谁没失去过至亲的好友呢？可是，悲伤能有什么用！倒不如化悲痛为力量，让死去的兄弟不白白地流血牺牲。"

大家没想到巴飞特竟然能说出这么一番有道理的话。顿时，悲痛从心中挥散而去，一股正义的力量充满了全身。他们看到在距离"庇护号"潜艇残骸不远的沙滩上有一处新建的坟冢，想必那就是布莱恩的坟墓。这片蓝海见证了布莱恩的铮铮铁骨，如今他能在海岛上长眠也算是死得其所。

红狮军团的海军基地呈现出一片忙碌的景象，陆战队员正在演练守岛战术。一名年轻的陆战队中尉跑到了

亨特面前,热情地和他打招呼:"嗨!亨特,这段时间你们去哪儿了?我们根本无法联系到你们。"

亨特从口袋里掏出装有口香糖的小塑料瓶,倒出一粒递给中尉,这是他见到老朋友或者结识新朋友时的礼节。他说:"詹姆斯,我们去执行了一项绝密任务,所以关闭了所有的通信工具。"

这位名叫詹姆斯的陆战队中尉贴近亨特的耳边,故作神秘地说:"兄弟,下次再有刺激的任务别忘了叫上我。"

亨特笑了笑:"你小子还是把自己该干的事儿做好吧!别总惦记着掺和我们的事情。"亨特指了指正在练习守岛战术的陆战队员,"他们都在等着你呢!"

詹姆斯将亨特送给他的口香糖吐在地上,生气地说:"别以为你们很了不起,早晚有一天会让你们见识一下我们的厉害。"

詹姆斯一只手拎着枪,快速地向前冲锋,然后迅速卧倒,翻滚到一块岩石的后面,在一秒钟之内枪已经架到岩石上,开始搜索目标了。这一系列的战术动作是詹

姆斯故意做给亨特看的,目的就是要向他证明陆战队员绝不是吃素的。

还别说詹姆斯干净利落的战术动作的确引起了亨特的注意。以前,亨特只知道詹姆斯是一个喜欢表现的毛头小子,如今看来还真是一个不错的候选对象。

秦天和劳拉早就走到了那座新坟前,看到旁边的一块岩石上刻着"正义战士布莱恩之墓"几个字。两个人在坟前默默地敬了一个军礼,这是战士间最高的礼节。

劳拉蹲下身子,温柔地抚摸着岩石上的几个字,就像在触摸布莱恩英俊的脸庞,那是一位硬汉的脸,就像用这块岩石雕刻出来一样棱角分明。石头上出现了布莱恩的笑容,他洁白的牙齿像美丽的玉石,清澈的双眸充满了对劳拉的爱意。

"布莱恩!"劳拉情不自禁地喊出了他的名字。可是,就在此时布莱恩的笑容却从石头上消失了。幻觉,这一切都是幻觉。劳拉想抱着石头痛哭,但是她忍住了。因为劳拉知道,布莱恩不愿看到她悲伤地哭泣。

"劳拉，我们走！"亚历山大突然粗鲁地将她拉起来。不知道什么时候，另外几个人已经站到了她的身后。

其他人不是不悲伤，只不过他们不想触景生情，因为还有更重要的事情等着他们去做，那也是布莱恩未完成的事业。他们的下一个目的地是海狼岛，因为根据拿到的那份绝密文件，那里是蓝狼军团的军事基地，最重要的是一艘先进的核潜艇——"海狼号"就要竣工了。

攻占海狼岛当然不是他们几个就可以完成的，所以亨特决定向红狮军团海军基地的最高指挥官——尼米兹少将请求支援。

海军基地的作战指挥中心位于地下工事中，尼米兹少将正在那里研究对付蓝狼军团海上力量的对策。参谋官突然进来报告，说一个特种兵战斗小队要来汇报情况。尼米兹少将正一筹莫展，听到有人要来汇报情况，于是马上就答应了。巴飞特由于不是红狮军团的成员，所以被警卫拦截在门外，而其他人在亨特的率领下急匆匆地走进了指挥中心。

"少将,这是我们从敌人那里得到的绝密资料。"秦天将名为"海狼计划"的文件资料递到了尼米兹少将的手中。

尼米兹少将一句话也没说,戴上了那副只有在阅读文件时才用的老花镜,一页页地阅读着这份绝密文件。只见,尼米兹少将的眉头越皱越紧,最终拧成了一个深深的"川"字。

这份文件来得太及时了,如果再晚知道几天,也许整个世界将被蓝狼军团所威胁,或者说将被克罗斯这位野心的商人所控制。尼米兹少将有着丰富的海战经验,在阅读资料的过程中他已经构思出了一个攻打海狼岛的作战方案。

尼米兹少将决定出动三股作战力量。第一股是空中打击力量。他准备派出一个轰炸机编队,从海军基地的军事机场起飞,对海狼岛发起地毯式轰炸。说起地毯式轰炸,这可是一种令人胆战心惊的攻击战术,也就是轰炸机将使用各种航空炸弹,对轰炸区进行雨点般的投掷,

几乎能让每一寸土地都变成焦炭。

这第二股力量是海上突击力量。尼米兹少将决定在对海狼岛实施地毯式轰炸的同时，派出一艘两栖登陆艇，搭载几百名海军陆战队队员和陆战突击车，等待空中轰炸结束之后，发起登岛作战。

第三股力量则是海下猎杀力量。能够在海下执行猎杀任务的装备只有潜艇，虽然红狮军团的潜艇曾被蓝狼军团的反潜飞机偷袭，"庇护号"也因此遭到了致命打击，但他们仍有两艘完好的潜艇可供使用。这两艘潜艇分别是"红狮一号"和"红狮二号"。不过，尼米兹少将并不想将这两艘潜艇全部派出，因为他也担心会中了敌人的调虎离山之计。

亨特听完尼米兹少将的攻岛作战方案，不由得暗自竖起了大拇指，心想能成为将军的指挥官果然胸怀大略。

"少将，我们请求驾驶潜艇担负海下猎杀任务。"亨特说。

尼米兹少将有些犹豫，他知道就在前不久的战斗中，

这支特种兵战斗小队刚刚失去了一名战友,而且他是牺牲在潜艇里的。所以,尼米兹少将担心这支战斗小队中会不会有人因此产生心理障碍,而这又会不会影响到下一步的战斗呢?

# 第十八章

## "红狮一号"

秦天看出了尼米兹少将心中的疑虑，坚定地向少将保证："请您放心，经过这次事件之后，我们已经吸取了教训，也更加懂得了如何去应对敌人的反潜武器攻击。所以，请您把水下攻击任务交给我们吧！"

"是啊，少将，您就交给我们吧！"大家围在尼米兹少将身边集体请缨。

尼米兹少将沉默片刻，用信任的目光看着他们，语重心长地说："我知道'庇护号'被击毁不完全是你们的责任，相反我还要感谢你们，因为是你们驾驶'庇护号'引开了敌人的反潜机，这才使'红狮一号'和'红狮二号'潜艇得以逃脱。既然你们有信心完成这次海底作战任务，那么我也相信你们能够做到。现在我就命令你们驾驶'红狮一号'潜艇立即出发，务必于明日六时零分前到达海狼岛海域，在海底猎杀企图撤离的敌人潜艇。"

"是!"五个人不差毫秒地同时答道,语气中充满了必胜的气势。

尼米兹少将从这五位年轻人身上仿佛看到了自己当年的影子,他充满激情地喊道:"向后转,出发!"

虽然亨特拖着一条受伤的腿,但是他们向后转的动作依旧那样整齐。五位年轻人挺胸抬头,其中四位迈着整齐的步伐,另一位一瘸一拐地向指挥中心外走去。可是,他们还没走到门口便有一个人迎面冲来,直接从他们中间撞了过去。

"喂,你长没长眼睛啊?"亚历山大顿时火冒三丈。

那个人像没听见一样,头也不回地向尼米兹少将跑去。亨特一眼便认出这个人,他就是海军陆战队中尉詹姆斯。

"快走吧,没时间跟这小子纠缠。"亨特一边说,一边瘸着腿往外走。

这时,又有一个人迎面跑了过来,同样是从他们中间冲撞过去,还差点儿把瘸腿的亨特撞倒在地。这次亚历山大的火再也压不住了,他大吼道:"你懂不懂军规,

将军的屋子是能随便闯进来的吗?"

第二个冲进来的人并没有理会亚历山大,而是直接冲到了詹姆斯的身边,一把将他拉住,气喘吁吁地说:"谁……谁让你冲进来的。"然后,他又委屈地看着尼米兹少将说:"将军,我没让他进来,他是硬闯进来的。"

亨特他们这才看清,第二个冲进来的人原来是尼米兹少将的警卫员。詹姆斯竟然是冲过了警卫员的阻拦,擅自进入指挥中心的。

"你们说詹姆斯这小子到底想干什么?"亚历山大疑惑地问。

"哼!"朱莉冷笑了一声,"那还用说吗,他肯定得到了要突袭海狼岛的消息,生怕他的那个海军陆战队没有冲锋陷阵的机会,这不来找少将请战来了吗?"

"噢!原来如此呀!"亚历山大若有所悟地点着头。

亨特照着亚历山大的脑袋狠狠地拍了一下:"噢你个头呀,还不快走!"

亚历山大摸了摸自己的脑袋,然后一只手搀扶着亨特,跟随大家一起急匆匆地走出了指挥中心。巴飞特早

就在门口等急了,见亨特他们走了出来,便追上来说:"你们去哪里?一定要带上我。"

"没搞错吧?"亨特用异样的眼神看着巴飞特,"我们是要去攻打海狼岛,带上你岂不是平添累赘?"

"我才不会成为累赘呢!"巴飞特挡在了亨特的面前,"别忘了我是一名水手,而且对克罗斯和蓝狼军团之间的勾当略有了解,说不定能帮上你们的忙。"

秦天觉得巴飞特所言有几分道理,他想如果"海狼号"已经制造完毕,说不定已经下海驶往海豚湾了。如果遇到这种情况,他们还真的需要巴飞特的帮助,因为他对那里最熟悉。

"让巴飞特跟咱们一起去吧!"秦天建议道。

亨特也没时间多想,见秦天已经同意,便知道他一定有自己的考虑,于是说道:"那还挡在我前面干什么,快走呀!"

"好嘞!"巴飞特闪到了一旁,跟在他们身后,急匆匆地向海军基地的港口走去。

"红狮一号"潜艇静静地停泊在港口,只露出一条黑

色的脊背,远远地看去像一头浮出水面的鲸。秦天纵身从码头上直接跳到了潜艇的脊背上,动作麻利地打开了潜艇的舱盖。亨特腿上的伤虽然并无大碍,但是走起路来还是一瘸一拐,所以只好在亚历山大和巴飞特的搀扶下,慢慢地登陆到潜艇上。

红狮军团的成员们进入指挥舱,看着这里的操作台,感到一切都是那么熟悉。这是因为"红狮一号"和"红狮二号"潜艇都是与"庇护号"同级别的潜艇,在设计上几乎完全相同,所以大家对这艘潜艇一见如故。

"全体注意,进入各自岗位,准备出发!"亨特命令道。

红狮军团的成员们各就各位,潜艇的动力系统启动,艇身开始慢慢地下沉,并向前行驶起来。随着离开港口的距离越来越远,下潜的深度也越来越深。当下潜到三百米的深度时,"红狮一号"开始以最快的速度向海狼岛驶去。

亨特他们驾驶红狮一号潜艇从海下向海狼岛靠近,而空中和海面的打击力量也已经出动了。詹姆斯中尉如

愿以偿，带领他的海军陆战队正在一艘先进的两栖登陆舰上，劈波斩浪地冲向海狼岛。在空中，尼米兹少将派出了六架轰炸机，分为两个波次，从上万米的高空穿越云层飞向海狼岛的上空。

这是六架战术级的轰炸机，载弹量很大，但它们的飞行速度却更快，也更加灵活。在现代战争中，谁获得了制空权，谁就会获得最终的胜利。尼米兹少将深知这一点，他也知道蓝狼军团不会乖乖地等着你去轰炸。

的确，蓝狼军团在接到了克罗斯的通报之后，除了加快"海狼号"潜艇的制造进度，还对海狼岛采取了进一步的防护。虽然，现在的海狼岛还做不到固若金汤，但却足可以说是防守严密。

尼米兹少将派出的第一波次的三架轰炸机已经飞临了海狼岛上空，它们的轰炸目标是海狼岛上的武器装备和防御工事。殊不知，蓝狼军团的防空雷达已经发现了这三架飞机。防空雷达将侦察到的数据传给蓝狼军团的防空导弹排，负责指挥发射导弹的排长有些恼火，因为这些数据传来得晚了一些。他立刻下达命令："迅速捕捉

敌机,准备发射导弹。"

蓝狼军团的导弹排长知道,现在留给他的时间只有六十秒。如果在六十秒内不能完成锁定和发射这两道程序,红狮军团的轰炸机就会突破防线了。

蓝狼军团的雷达侦察兵之所以这样晚才探测到红狮军团的轰炸机,是因为红狮军团的轰炸机采用高空静音飞行,而且采用了许多种先进的防雷达侦察技术,比如它的外形从正面看薄如蝉翼,可以规避雷达波的侦察;再如它的机身涂抹了吸收雷达波的材料,雷达波即使撞到飞机上,大部分也会被吸收。

诸如此类的隐身技术在这种轰炸机的身上还有很多,所以在远距离的时候,蓝狼军团的雷达根本无法探测到它。但这并不意味着这种轰炸机就高枕无忧了,因为当它靠近侦察雷达的时候,还是会被发现的。

如今,红狮军团的轰炸机已经被发现。蓝狼军团的防空导弹正在分秒必争地锁定目标,一枚枚防空导弹就要破筒而出了。

# 第十九章

## 攻占海狼岛

"嗖——"

一声巨响过后,蓝狼军团的一枚防空导弹从发射筒中喷射而出,呼啸着冲上蓝天。

红狮军团的一架轰炸机被这枚防空导弹盯上了,导弹就像长了眼睛一样朝这架轰炸机追了过去。一旦被导弹盯上,想躲是很难的事情。这枚导弹已经接近了这架轰炸机,在距离它不足十米的地方突然轰的一声爆炸了。

别以为导弹没有击中这架轰炸机,恰恰相反,只见这架轰炸机在空中翻起了跟斗,尾部冒着黑烟一头朝海狼岛上栽了下去。数秒钟之后,岛上燃起了熊熊烈火,那是飞机的残骸在燃烧。

防空导弹并不需要准确地击中飞机才能将它击落,

实际上几乎所有的防空导弹使用的都是近炸引信,也就是当导弹接近飞机到一定距离的时候,引信就会自动触发,将导弹引爆。导弹爆炸后会产生大量的杀伤碎片,而这些碎片则会蜂拥而上,将飞机击中。

红狮军团的一架轰炸机被蓝狼军团击落,这大大地鼓舞了海狼岛上雇佣兵的士气。可是,他们高兴得太早了,因为有两枚激光制导炮弹正从海上飞来,眼看着就要落到海狼岛的防空阵地上了。

"轰!轰!"就没看到任何踪影,这两枚激光制导炮弹便精准地落到了蓝狼军团的防空阵地上。顿时,蓝狼军团的防空导弹发射车被炸成了一堆废铁。还没有发射出去的防空导弹在阵地上被引爆了,一连串的爆炸之后,蓝狼军团死伤无数。

大洋之上的两栖登陆舰上,詹姆斯中尉连连叫好,因为这两发由舰炮发射的激光制导炮弹是他指挥的。

激光制导炮弹虽然也有火炮发射,但它与普通的炮弹有天壤之别,因为在激光制导炮弹上有一个激光接收

器，能够在激光的引导下，精准地攻击目标。

蓝狼军团的防空导弹阵地被毁，导弹发射车变成了废铁，这为红狮军团空的中轰炸机铺平了空中袭击之路。有两架轰炸机趁机深入，一枚枚航空炸弹如同雨点般从弹舱中落下。霎时间，海狼岛上火光一片，地动山摇，地毯式的轰炸令敌人无处可逃。

第一波次的轰炸机很快便将航空炸弹倾泻完了，它们在空中潇洒地转身开始返航。第二波次的三架轰炸机随后而来，这次它们携带的炸弹与第一波次不同，因为在第一波次轰炸之后，敌人已经转移到了地下工事，所以必须使用钻地炸弹。

三架轰炸机各自选择了要轰炸的工事，将几枚重磅炸弹投了下去。炸弹从空中降落，头部狠狠地撞到了工事表面，不过此时并没有爆炸。在巨大冲击力的作用下，炸弹钻进了工事之中，此时才大发雷霆，轰然爆炸。躲在地下工事中的蓝狼军团本以为安全无事了，却没想到工事被钻地炸弹击穿，瞬时间被炸得昏厥无数。

尼米兹少将的作战方案果然见效，海空突袭战术令蓝狼军团防不胜防。此时，两栖登陆舰已经驶到了近海，詹姆斯的海军陆战队就要实施登陆作战了。

两栖登陆舰停止了航行，一辆辆两栖突击车从船舱中开出来。詹姆斯驾驶的那辆两栖突击车冲在最前面，他警觉地观察着岛上的情况。海狼岛上，敌人躲进工事中不敢露面，沙滩上排放着各种阻碍登陆的障碍物，有蛇腹形铁丝网、三角锥、地刺等。

詹姆斯驾驶着两栖突击车已经冲出了海水，快速地席卷到海滩上。这些滩头的障碍物根本挡不住两栖突击车的前进，因为在突击车的前面有一个大铁铲，就像工地上施工的铲车一样将这些障碍物铲到了一边。海军陆战队员在两栖突击车的引导下，排山倒海地冲到了海狼岛上。这座本来控制在蓝狼军团手中的小岛顷刻之间成为了红狮军团的领地。

海狼岛被红狮军团占领，在清点战场的时候，红狮军团才发现他们要重点攻击的"海狼号"潜艇并没有在

岛上,这说明它已经竣工下海了。

在海狼岛海域的水下,"红狮一号"潜艇早已到达了指定的区域,静静地等待着猎物出现。可是,在海面和空中展开了一场激战之后,海面下却丝毫没有动静。

亚历山大忍不住问:"你们说'海狼号'是不是在咱们到来之前就已经开走了?"

秦天紧皱双眉,他最担心的就是这一点,因为从"海狼号"的设计方案来看,它是一艘十分先进的核潜艇,一旦进入深海便难以寻找踪迹了。

亨特也沉不住气了,命令道:"上浮到海面下十五米。"这是潜艇可以观察海面的潜望深度。

在一系列的操作之后,"红狮一号"从海下三百米的深度开始逐渐上浮,直至到达了海下十五米的深度。劳拉操作潜望镜缓缓向上升起,最终露出了水面。全角度观瞄仪很快传回了海面上的图像,大海上微波粼粼,除了红狮军团的那艘两栖登陆舰,再也看不到其他舰船。再看海狼岛上,蓝狼军团的雇佣兵已经被降服,被缴了

枪的敌人双手放在头顶被押到了一起。

　　有一个人的身影格外熟悉，他便是詹姆斯。今天这一仗是他加入红狮军团以来打得最痛快的一仗。在加入红狮军团之前，詹姆斯曾经服役于著名的海豹突击队。这支特种部队虽然叫海豹突击队，但实际上它却是一支海陆空三栖作战部队，其成员都身经百战。詹姆斯之所以选择在退役后加入红狮军团，就是因为红狮军团为了正义而战的唯一准则。遗憾的是，詹姆斯加入红狮军团后一直没有得到重用，只成为了海军陆战队的一名中尉，所负责的任务也只是训练那些刚加入红狮军团的菜鸟。正是由于这个原因，詹姆斯一直想加入亨特的战斗小队。

　　此时，詹姆斯正带领部下仔细搜寻战场。突然，他的电台响了起来，传来的声音也很熟悉："詹姆斯，我是亨特。"

　　"真是太阳从西边出来了，今天你怎么会主动找我呀？"詹姆斯虽然感到有些意外，不过他还没有忘记奚落一下亨特，"你是不是白白等了半天，没有捕到一个猎

物啊?"

"你别一副小人得志的样子。"亨特忍住恼火,"你快帮我审问几个俘虏,问问他们'海狼号'去哪里了?"

"没问题,你稍等。"詹姆斯虽然对亨特有些小意见,但是在这些重要问题上绝对不会敷衍。

亨特他们在潜艇中焦急地等待着詹姆斯的回复。秦天并没有闲着,他还在仔细研究那份"海狼号"研制方案书,希望能够从中找到"海狼号"的缺陷。

"亨特!"詹姆斯的声音传来了,"我刚审问了两个俘虏,他们说'海狼号'在咱们到达之前已经出海了。"

果然最担心的事情发生了。亨特焦急地问:"'海狼号'已经出海多久了?"

"快告诉我具体的时间。"在电台里,亨特模糊地听到詹姆斯在审问旁边的一名俘虏。

紧接着,詹姆斯的声音清晰地传来:"距离现在有五小时二十分钟了。"

"追!"亨特立即下达了命令。

"可是,咱们往哪个方向追呀?"亚历山大迷惑地问。

其实,亨特也是一脑袋糨糊。他只知道现在应该做的事情就是赶快追赶"海狼号",可是到底该往哪里追他也没有深思熟虑。

"海豚湾!"秦天果断地说出了三个字。

"为什么?"亚历山大直呆呆地看着秦天问道。

# 第二十章

## 追踪海狼

秦天麻利地操作着潜艇向深海下潜,同时说道:"我刚刚又仔细研究了'海狼号'的设计方案,发现'海狼号'的设计意图非常明显。其实,它就是一座移动的海下核导弹发射平台。也就是说,这艘潜艇要发挥它的作战用途必须装备核导弹。"

朱莉听出了眉目,接着往下说:"你的意思是说'海狼号'一定是赶往装填核导弹的地方了,对吗?"

秦天点点头:"没错!据我判断核导弹就在海豚湾。"

秦天前面的分析大家都很赞同,但是凭什么说核导弹就在海豚湾呢?这个时候巴飞特突然插话了,他说:"听秦天这么一说,我也觉得核导弹应该在海豚湾。"

大家将目光转向一直默默地坐在后面无事可做的巴飞特。巴飞特解释道:"我在海豚湾待了将近半年,发现了不少异常的事情,以前在克罗斯手下做事也就没多想,

现在想来肯定跟核导弹有关。"

"你就不用铺垫了,开门见山说吧。"亚历山大急得坐立不安。

巴飞特继续说:"我发现克罗斯经常在轮船的办公室里会见几个神秘人士,这几个人看上去好像科学家的样子,但绝对不是搞石油开发的科学家。因为,有一次我无意间经过他的办公室,听到里面的人说核导弹马上就要研制好了。"

"克罗斯这家伙真是野心不小,他竟然在秘密研制核导弹。"亚历山大激动地吼着。

"怪不得克罗斯要在海豚湾水域布设水雷呢,原来他并不是为了防止有人入侵油田,而是担心他的核导弹研制计划被人发现。"劳拉分析道。

朱莉有些搞不懂了,她在想克罗斯为什么不将核潜艇与核导弹的研制基地放在一起呢?这样不就省得"海狼号"跑那么老远去装载核导弹了吗?

秦天也在思考这个问题,不过他已经想到了答案。克罗斯和蓝狼军团是互相利用的关系,克罗斯有钱,蓝

狼军团有兵,而他们又各有野心。克罗斯出钱研制核潜艇和核导弹,但是他不敢让这两样杀手锏武器都掌握在蓝狼军团手里,因为那样他就会失去对蓝狼军团的控制,成为一个傀儡。正是出于这个原因考虑,克罗斯将核导弹的研制地点放在了自己的眼皮底下。因为"海狼号"没有核导弹就会威力大减,所以蓝狼军团必须要向克罗斯妥协。

克罗斯的如意算盘打得很精,因为即使没有"海狼号",核导弹依旧是足以威慑世界的武器。为了实现自己的野心,克罗斯不仅计划将核导弹安装在"海狼号"上,还秘密地建设了几个核导弹发射井。

经过集体分析,红狮军团判断"海狼号"一定正在驶往海豚湾的途中,于是他们驾驶"红狮一号"潜艇全速前进,希望能在"海狼号"装载核导弹之前将其拦截。

在六百米的深海中,"海狼号"正快速潜行,它的目的地正如红狮军团所分析的,就是海豚湾。布鲁克只知道核导弹隐藏于海豚湾,但具体藏在什么位置却无从知晓。在以前去海豚湾执行任务的时候,上级曾特意交代

布鲁克暗地里侦察克罗斯的核导弹研究所,但是克罗斯没有露出任何蛛丝马迹,所以他总是无功而返。

要不是红狮军团突袭了克罗斯的轮船,获知了"海狼号"的秘密,克罗斯也不会这么心甘情愿地将核导弹装备给蓝狼军团。克罗斯知道一旦潜艇和导弹都掌握在蓝狼军团手中,自己的威信就会降低了。所以,克罗斯在核导弹中做了手脚。至于,他做了什么手脚,蓝狼军团用不了多久就会知道了。

"海狼号"潜艇在深海中航行,潜艇周围的图像通过侦察设备传输到指挥舱的屏幕上。雷特异常兴奋,因为这是他第一次乘坐潜艇。他以前所服役的部队是陆战部队中的精英部队,无论是丛林战、山地战,还是沙漠战,这支部队都具有丰富的作战经验。其中的士兵以冲击速度快、出枪速度快、转移速度快,以及心狠手辣著称。但是,这支部队也有一个缺点,那就是他们都没有接触过海战,对军舰和潜艇这类装备更是一窍不通。

虽然雷特是外行,但他却非常好学。别看雷特看似鲁莽,但头脑却异常聪明,只是在一旁看着其他人操作

潜艇，便学会了七八成。他乐呵呵地来到美佳身后，贴到她的耳边说："能不能让我替你操作一会儿？"

雷特加入蓝狼军团的时间不长，美佳又不太喜欢跟人交流，所以她和雷特并没什么交情。因此美佳不搭理雷特，仍然坐在自己的岗位上继续履行着自己的职责。

雷特见美佳没搭理自己，便在她的身后挥了挥拳头以示不满，然后移到了艾丽丝的身后。不知道这小子怎么想的，专门找女生装可怜。他同样凑到艾丽丝的耳边说："美女，你累了吧？让我接替你工作一会儿吧。"

也许是被"美女"这两个字打动了，艾丽丝回过头看着雷特问："你行吗？"

雷特毫不谦虚地说："你把那个'吗'字去掉，我行！再说了，如果我不会，不是还可以向您这位老师请教吗？"

艾丽丝没想到雷特的嘴竟然也会像抹了蜜一样甜，于是犹豫了一下，便把工作的位置让给了雷特。她走到潜艇的生活舱，从冰箱里取出一罐汽水，啪的一声打开，坐在雷特身边喝了起来。

雷特咽了一口唾沫，并不是因为艾丽丝手中汽水的诱惑，而是面对按钮繁多的操作台有些迷惑了。这就是看着容易做起来难，雷特原来也是眼高手低的典型代表。

"还是让师傅来教你吧！"艾丽丝又喝了一口汽水，走上前去示范了一遍。

雷特看得很认真，他知道技多不压身，要想在蓝狼军团中立足，必须精通各种武器装备，否则只能给别人打下手。

"海狼号"果然是一艘先进的潜艇，虽然动力充足，但却几乎没有噪声。它就像一头鲸鱼，悄无声息地在深海潜游，寻找着理想的猎物。为了不被敌人发现，布鲁克命令所有的岗位关闭不必要的探测设备，全速向海豚湾前进。

与蓝狼军团不同，红狮军团并没有关闭探测设备，相反他们在利用探测设备不停地搜索着"海狼号"的踪迹。秦天目不转睛地观察着声呐探测显示仪，但结果总是令他失望，因为根本探测不到"海狼号"的踪迹。

声呐探测器的工作原理有些像蝙蝠发出的超声波，

当它遇到物体的时候会被反射回来，并被接收器接收到。其实，主动进行探测是有一定风险的，因为在发出探测信号的同时，自己也将暴露出去。就像一个人对着山大喊，虽然大山可以返回你的声音，但是你的喊声也将被人听到。

红狮军团之所以这样做也是无奈之举，他们宁可冒险，也不想错过探测到"海狼号"的机会。因为他们知道，一旦"海狼号"装上了核导弹，必定如虎添翼，成为海中蛟龙。即便红狮军团采取如此主动的探测手段，他们依旧没有发现"海狼号"的蛛丝马迹。秦天注视着显示仪，一筹莫展。突然，他的眉头舒展，好像想到了什么。

"秦天，你有什么好办法了吗？"劳拉观察到了秦天脸上的细微变化。

秦天摇摇头："办法暂时还没有想到，但是我已经想到了探测不到'海狼号'的原因。"

"什么原因？"亚历山大的耳朵还挺灵，他转过头来大声问。

"潜航的深度不同。"秦天答道,"我研究了'海狼号'的设计方案,按照技术指标的要求,它的下潜深度能够达到六百米。"

劳拉点点头:"原来是这样,咱们的'红狮一号'最大下潜深度是三百米,足足差了一倍。两艘潜艇不在同一个水层,自然探测的难度就增大了。"

"那该怎么办呢?"亚历山大开始着急了,"如果拦截不到'海狼号',等它装上了核导弹,后果可就不堪设想了。"

"我有一个冒险的办法,不知行不行?"突然,一直沉默的朱莉说话了。

"行行行!一定行!"亚历山大连连点头。

亨特瞥了亚历山大一眼:"朱莉还没说,你怎么就知道一定行?"

亚历山大目不转睛地盯着朱莉:"是直觉告诉我的。"

朱莉很不适应亚历山大的眼神,清了清嗓子说:"我认为要想捕捉到'海狼号'的踪迹,就必须采取诱敌战术。"

大家都静静地等待朱莉解释何谓"诱敌战术"。

"克罗斯轮船上的飞机都已经被咱们炸毁了,而且那艘被改装成军舰的轮船也变成了残废。如果咱们派出一艘军舰前往海豚湾,此时克罗斯必定没有能力应对。所以,要想对付这艘军舰,克罗斯必定会请求蓝狼军团动用海下的'海狼号'发动攻击。"

说到这里大家都听明白了,原来朱莉是想把一艘军舰当作诱饵,把"海狼号"这条大鱼钓上来。一旦"海狼号"上浮,并对军舰发动攻击,它就会被发现并被锁定,也就难逃天网了。听完这个计划大家都沉默了,因为这并不是一个完美的计划,有谁会愿意冒着生命危险去充当这个诱饵呢?

亨特闭着眼睛,将可能想到的人都在脑子里过了一遍,最终一个人的形象停留在他的大脑"胶片"中。这个人就是詹姆斯。

# 第二十一章

## 油井下的玄机

在亨特看来,詹姆斯是最佳的人选。因为詹姆斯从骨子里就是一个充满冒险精神的人,他不甘平庸,敢为人先。想到这里,亨特决定立刻联系詹姆斯。

"红狮一号"向上浮动了两百米,这样电台的信号能更清晰地传递出去。当詹姆斯接到亨特的呼叫时,他正在清点战俘的数量。他听完亨特的话,冷冷地笑了一声,并毫不犹豫地说:"我不去!"

詹姆斯的回应令亨特有些意外,他本以为詹姆斯会爽快地答应。"詹姆斯,难道你愿意眼睁睁地看着蓝狼军团的阴谋得逞吗?"亨特想刺激詹姆斯一下。

詹姆斯反问道:"难道我会眼睁睁地看着自己的弟兄们去送死吗?"

亨特不知道该如何说服詹姆斯了,因为詹姆斯说得

对，他自己可以不顾生死去充当诱饵，可是他不能不考虑战士们的安危。由此，也可以看出詹姆斯是一位优秀的指挥官。

"好吧，詹姆斯，不管你是否愿意充当诱饵，有一件事我必须告诉你。"亨特沉默了片刻，"你是一名优秀的军人，我们的特种兵战斗小队随时欢迎你加入。"

这对詹姆斯来说简直是一个意外的惊喜，因为他曾经多次申请加入亨特的战斗小队，都遭到了毫不留情的拒绝。在红狮军团组织中，亨特的战斗小队是最出名的，也往往承担最艰巨的任务，很多人都将能够加入这支战斗小队作为自己的奋斗目标。

"亨特，为了你这句话，我愿意去充当诱饵，不过也仅仅是我一个人而已。"詹姆斯突然改变了主意。

在"红狮一号"潜艇中，亨特的脸上露出了胜利的笑容，这是他最后的一计，果然见效了。"好吧，你现在立刻向海豚湾出发。不过，你要牢牢记住，在距离海豚湾五十海里时要停止前进，因为再靠近海豚湾就会进入

水雷阵了。"

"明白，你就看好吧！"

詹姆斯说完立刻行动，他亲自驾驶一艘小型的舰艇，没有带上任何一个人，悄悄地出发了。他清楚地知道这一去活着回来的概率几乎为零，但为了正义的事业必须有人去牺牲，而那个人他宁愿是自己。

"红狮一号"继续全速向海豚湾前进，同时主动搜索"海狼号"的踪迹，却不知此时"海狼号"已经秘密地到达了海豚湾。

布鲁克命令所有的岗位做好准备，"海狼号"马上要上浮了。艾丽丝将自己的岗位让给雷特之后，这小子就一直霸占着位置没有让出来。他正好趁着这个机会，学习一下该如何操作潜艇上浮。

当潜艇上浮到距离海面一百米的深度时，布鲁克开始和克罗斯联系。他将舰载电台转到了和克罗斯通话的频率，呼叫道："克罗斯，我是布鲁克，我们现在已经到达海豚湾了。"

克罗斯正站在他那艘半报废状态的轮船上,轮船的甲板上被炸出了几个洞,到处都是火烧的痕迹。听到布鲁克的呼叫后,克罗斯看了看手表,"海狼号"到达的时间和自己预计的差不多。

"立即将潜艇驾驶到三号油井平台的位置。"克罗斯回应道。

"明白!"布鲁克立刻按照克罗斯的指示,指挥手下驾驶"海狼号"向三号油井平台驶去。

在海豚湾林立着许多油井,每一座油井平台都有自己的编号。"海狼号"一边继续上浮,一边向三号油井驶去。

与此同时,克罗斯也乘坐一艘小艇向三号油井赶去。跟克罗斯一起同行的还有他的贴身保镖乔治和曾经的红狮军团成员索菲亚。如今,索菲亚已经成为了克罗斯的贴身保镖。

索菲亚的左肩还缠着纱布,这是上次战斗中被亚历山大射伤的。亚历山大本来可以从后面一枪打中索菲亚

的后心,但是就在子弹出膛前的一瞬间,他犹豫了。亚历山大虽痛恨索菲亚为了金钱背叛战友,但这么多年的同生共死,他又怎么忍心一枪将她射杀。所以,亚历山大的枪口稍稍抬高了一点儿,子弹停留在心脏上方的肩膀处,饶过了她的性命。

当克罗斯的小艇来到三号油井时,他发现在油井旁的海面上已经露出了一道黑色的"脊背"。克罗斯知道那是"海狼号"已经浮出海面了。

"海狼号"是克罗斯出资建造的,虽然使用权在蓝狼军团手中,但是按照协议,蓝狼军团要无条件地支援克罗斯。也就是说,如果有人威胁到了克罗斯的生意,阻止他在海上开发油田,蓝狼军团就要根据克罗斯的命令去打击他们。

克罗斯最担心的就是红狮军团,因为他知道红狮军团是最爱管闲事儿的。从在海豚湾开发油田开始,他便将红狮军团确定为自己的对手。所以,克罗斯才会精心设计了之前的圈套,先下手为强,计划将战斗力最强的

红狮军团特种兵战斗小队消灭。可惜,他的阴谋没有得逞,红狮军团的特种兵战斗小队虽然损兵折将,却顽强地活了下来,并成为了更加难缠的对手。

三号油井高高地耸立在海面上,足足有上百米高。在接近海面的位置有一个几百平方米的平台,克罗斯从小艇上走下来,沿着梯子爬上了平台。乔治和索菲亚紧随其后,站在克罗斯的两侧,负责保护克罗斯。

从油井平台向下望去,"海狼号"就在克罗斯的脚下。他俯视着这艘潜艇和已经站到潜艇脊背上的蓝狼军团雇佣兵,就像在俯视自己的臣民。

"克罗斯,核导弹在哪儿呢?"布鲁克通过对讲系统问。

克罗斯按下对讲按钮,轻声地说:"从现在开始,你按照我的吩咐去做就行了。"

布鲁克对克罗斯傲慢的态度很是反感,但人在矮檐下,不得不低头。他忍着怒气说:"好吧,你说我们该做什么?"

"把潜艇的导弹发射舱盖打开。"克罗斯像吩咐奴才那样命令道。

布鲁克朝其他人使了一个眼色,大家明白了他的意思,纷纷进入潜艇开始进行操作。泰勒一连串用力按下了三个按钮,"海狼号"脊背上的三个盖子向上弹开了。

索菲亚向下望去,看到盖子弹开之后,潜艇上出现了三个深深的洞,就像三口水井。

"把潜艇开到油井平台的正下方。"克罗斯继续命令道。

美佳向前一推操作杆,潜艇缓慢地引动到了平台的正下方。只听"轰轰轰"一阵巨响,油井平台下方的海面像炸开了锅,海水"咕嘟咕嘟"地冒起了气泡。紧接着,蓝狼军团看到一个庞然大物慢慢地从海面下钻了出来。原来,核导弹就藏在三号油井的下面。

一枚直径为一米,长为十米的核导弹从三号油井的海面下慢慢升起。雷特瞪着眼睛都看呆了,他自言自语地说:"我不会是在做梦吧?导弹还能藏在海底下?"

布鲁克看到克罗斯对身边的乔治和索菲亚说了几句话,这两个人便走到了油井平台的一个密闭小房子里。这间只有几平方米的铁皮房子实际上是核导弹的吊装操作室,就像吊车的操作室一样。

乔治向下拉动操作杆,核导弹被越吊越高,直到全部离开了水面。紧接着,他又操作手柄将吊住核导弹的机械臂向前伸,直到导弹垂直悬在潜艇的上方。

索菲亚帮乔治观察着核导弹和潜艇发射舱的对接情况:核导弹的底部平稳地进入了发射舱,导弹缓缓地下降,直到弹头从舱口消失。坐在指挥舱里的蓝狼军团明显感觉到潜艇突然向下沉了一下,他们知道这是导弹已经和发射舱的底座对接上了。

装上了核导弹的"海狼号"变成了一个真正的魔鬼杀手,从现在起只要蓝狼军团按下导弹发射按钮,这枚装有核弹头的导弹便会从发射舱中飞出,攻击任何看不顺眼的人或者地方。

# 第二十二章 神秘之所

第一枚核导弹填装完毕，蓝狼军团还在等着另外两枚导弹，因为这艘潜艇可以同时装载三枚导弹。但是，海面恢复了平静，海水之下似乎没有再冒出第二枚导弹的意思。

"克罗斯，可以继续装填了。"布鲁克催促道。

克罗斯冷笑了一声："你以为核导弹像你弹夹里的子弹那样想填几发就填几发吗？一枚导弹的造价达到了几千万，我可舍不得都送给你。"

布鲁克对克罗斯越来越反感了，但他还是忍住了怒火，问道："没有核潜艇，核导弹就无法发射，你留下它们又有什么用？"

克罗斯反问道："谁说没有核潜艇，我的导弹就没办法发射了？"

"难道你还有其他的发射方法？"布鲁克好奇地问。

克罗斯突然变得很生气："不该知道的事情，你最好不要知道。现在，你要做的事情就是驾驶'海狼号'沉到水下去，保护我的油田不受侵犯。"

忍无可忍，就要重新再忍。布鲁克命令各个岗位立即开始工作，将"海狼号"沉到四百米的深度，然后在海豚湾进行巡航。

克罗斯看着"海狼号"消失在海面，阴险地笑了笑。克罗斯的野心不仅仅是非法开采海豚湾的石油，他还要控制世界上更多的资源，最终从一位富商变成一位统治者。

克罗斯的发家史就是一部犯罪史和暴力史，只不过世界上了解他过去的人已经不多了。克罗斯心狠手辣，凡是知道他的底细的人，最终都会死在他的阴谋之下。

"走！跟我到海面下看一看。"克罗斯对乔治和索菲亚说。

"是，老板。"乔治和索菲亚规规矩矩地应答道。

三个人重新回到了小艇上，换好潜水服。克罗斯带头跳进了海水中。乔治和索菲亚也跳了下去。索菲亚并不知道克罗斯为何要潜水，所以一直充满好奇地跟在他

的身后。

克罗斯跳入海水之后一直向下沉去，他手腕上的压力手表显示着深度和压力的变化。当索菲亚明显感觉到有些不适的时候，克罗斯已经停止了下潜，他向三号油井的正下方游去。

索菲亚紧跟着克罗斯，穿行在三号油井的铁架子中间，突然她的面前出现了一座海底房屋。索菲亚看出这是一座全密封的房子，因为看不到任何窗户和门。她正在思考着该如何进入这座房子，却看到克罗斯像变魔术一样被吸进了房子里。

乔治朝索菲亚摆摆手，让她跟在自己的后面。索菲亚既好奇又有些担心，她从来没见到过这么奇怪的房子，所以紧紧地跟着乔治不敢离开半米。两个人游到房子的侧面，乔治示意索菲亚和自己一起朝墙壁的一个位置撞去。索菲亚的心脏跳得厉害，她紧紧地挨着乔治一起朝墙壁撞了过去。索菲亚感觉到身体撞到了柔软的物体上，而且身体好像被胶水粘住了一样难以挣脱。当她用尽浑身力气挣脱的时候，却发现自己已经进入了屋里。

天哪！眼前的一切简直把索菲亚惊呆了。因为在这座房子里除了已经进来的克罗斯和乔治外，还有十几个人。这些人都穿着白色的大褂，正在各自的岗位上忙碌着。

克罗斯和乔治开始脱掉身上的潜水服，这令索菲亚更加不可思议了。索菲亚知道即使这座房子采用先进的防水技术，没有一滴水渗进来，但是它毕竟沉在海中，氧气从哪儿来呢？

克罗斯和乔治已经丢掉了氧气瓶，这说明房子里的确有氧气。索菲亚不再担心，也将潜水服和氧气瓶都脱掉了。

"这是什么地方？"刚刚摘下氧气罩，索菲亚就迫不及待地问乔治。

乔治示意索菲亚安静，然后贴近她的耳边小声地说："这里是海底研究所。"

"海底研究所？"索菲亚瞪大了眼睛，她有数不清的问题要问：这座房子是用什么材料做成的？他们是怎么进来的？屋里的氧气又是从哪儿来的？这个研究所都在研究什么……

这么多的问题,索菲亚不知道该先问哪个。乔治知道索菲亚肯定有很多问题要问,因为他第一次来到这里的时候也是满肚子的问题。他凑到索菲亚耳边小声地说:"我先简单地给你介绍一下,回头再详细告诉你。"

索菲亚感激地点着头,如果不把这些疑问弄清楚,她会很难受的。

乔治介绍道:"这座房子是用一种新型胶质材料制造的,在出现裂痕后能够迅速融合,所以我们挤进房子里却没有发现墙壁出现裂痕,也没有发现有水涌进来;屋里的氧气是通过电解海水得来的,而电则是从海面上输送下来的;至于这个研究所是干什么的,一会儿你就知道了。"

虽然乔治只是简单地说了几句,但是智商过人的索菲亚已经对这个神秘的海底研究所有所了解了。她跟在克罗斯的后面,不停地观察着屋子里的各种仪器,也在猜测着这些仪器到底都是做什么用的。

克罗斯停在一位秃顶的老年男子身边,问道:"弗兰克教授,这几天的研制进度如何?"

这位戴着深度近视镜的弗兰克教授是海底研究所的

负责人,他并没有停下手中的工作,头也没抬地说:"我们正在全力以赴,预计再有一个星期就可以进行第二次试验了。"

克罗斯的脸上露出了可怕的微笑:"希望这次试验能够引发规模更大的海啸,最好能够将红狮军团的海军基地彻底摧毁。"

索菲亚站在克罗斯的身后静静地听着克罗斯和弗兰克教授的谈话,她越听越害怕,直到最后浑身起满了鸡皮疙瘩。

索菲亚心想:疯子,这两个人简直是疯子。她甚至开始有些后悔了,当初她为了钱背叛了红狮军团,以为最多就是帮助克罗斯对付一些生意上的对手,保护克罗斯的财产。可是,今天索菲亚却发现自己在助纣为虐,因为克罗斯的野心不仅仅是获得巨额的财富,他还要控制整个世界。

原来,这里是一个专门研制核武器的研究所。除了核导弹,他们还在研制一种更加邪恶的核武器,那就是"地震武器"。这种地震武器采用核爆炸的方式来引发地

壳的运动,如果在陆地上使用会引发地震,如果在海洋中使用会引发海啸。

索菲亚清晰地记得,大约在两个月前,曾经毫无征兆地爆发了一次海啸。据报道当时有很多艘出海的渔船被惊涛巨浪掀翻,失踪的渔民不计其数,海滨的一座小镇也被涌上来的海水所击垮,房屋倒塌严重。

刚刚听了克罗斯和弗兰克教授的谈话,索菲亚才知道那次海啸只不过是他们的一次初级试验。如果在两周后他们继续进行第二次试验,不知道会有什么更可怕的事情发生呢。

此时此刻,索菲亚陷入了深深的自责,她后悔自己为了利益而投靠到克罗斯的手下。这个世界上什么药都有卖,就是没有后悔药。事到如今,索菲亚已经无路可退,只能违背自己的良心,将自己出卖到底。

"索菲亚,你在想什么?"

索菲亚感觉有人在背后捅了她一下,回头一看不知何时乔治站在了她的身后。原来,她一直在想着这些事情,竟然在克罗斯已经走到别的房间后,还直愣愣地站

在原地没有动。

"没……没想什么。我只是被这些新奇的东西所吸引了。"

索菲亚赶紧恢复了常态,生怕被乔治看出破绽。她知道如果乔治看出自己有些动摇,肯定会毫不留情地杀了她。乔治是克罗斯最忠诚的保镖,会为了克罗斯的利益去做任何事情。

乔治冷笑了一声,什么也没说,只是示意索菲亚跟过来。乔治的表情令索菲亚有些不安,她赶紧跟到了克罗斯和乔治的身后,再也不敢走神了。

"轰——"

克罗斯刚刚在弗兰克教授的引导下走进了另一间屋子,海面上便传来一声巨响,同时海水剧烈地晃动起来。这座建在海下的房子也随着水波来回地摇摆起来。

"怎么回事?"克罗斯差点儿摔倒,幸亏一只手扶住了旁边的桌子。

弗兰克教授很冷静地说:"咱们到监控室看看便知道了。"

# 第二十三章

## 诱敌战术

跟随着弗兰克教授,三个人进入了监控室。在监控室中有好几台显示器,从不同的角度显示着海面上的情况。索菲亚一眼便看到其中一台显示器上出现了一艘小型军舰,那是红狮军团的军舰。

这艘军舰上只有一个人,那就是詹姆斯。他按照亨特的交代,来到了距离海豚湾油田五十海里远的地方。而此时,亨特和他的战友们也已经驾驶着"红狮一号"潜艇来到了海豚湾的水下。

刚才的一声巨响是炮弹爆炸发出的声音,而发射这枚炮弹的人便是詹姆斯。为了能将"海狼号"引诱出来,詹姆斯将自己和这艘军舰当作了诱饵。他正在甲板上操作一门舰炮,准备发射第二枚炮弹。

由于军舰上只有詹姆斯一个人,所以他有些手忙脚乱。第一发炮弹打得不够准,所以他快速地调整炮口的

高低角和方向，对炮弹的落点进行修正。一阵忙碌之后，詹姆斯又抱起一门炮弹猛地塞进了炮管中。

詹姆斯瞄准了目标，果断击发了炮弹。一声巨响过后，炮弹画着弧线从海面上飞过，然后詹姆斯便看到远处的海面被炸出十几米高的水浪。大约过了十几秒钟爆炸的声音才传来，而且不止一个声音。原来，炮弹落到了水雷区，将周围的水雷引爆，发生了连锁爆炸。

水下研究所中，克罗斯通过监控室中的侦察仪将海面上的情况看得一清二楚。虽然剧烈的晃动令克罗斯难以站稳，但他却头脑清醒得很。克罗斯分析道："红狮军团并没有发现咱们，只是在虚张声势，引诱咱们出现而已。"

"老板，那咱们现在怎么办？"乔治问道。

克罗斯深吸了一口气说："现在我最担心的是'海狼号'，你马上通知'海狼号'上的蓝狼军团，命令他们千万不要贸然上浮，更不要对这艘军舰发起攻击。"

"是，老板。"乔治立刻去用电台通知蓝狼军团了。

一串电波从海底研究所发射出去，在海水中向外传播着。此时，"海狼号"正游弋在海豚湾海面下五百多米

的深度。刚才接连发生的爆炸也惊动了"海狼号"中的蓝狼军团。

"肯定是红狮军团对海豚湾发起攻击了。"雷特的话音刚落,又有几声爆炸传来。

"千万不要让红狮军团发现咱们。"布鲁克有些紧张,因为从爆炸声的频率判断,海面上绝不止一艘军舰。

凯瑟琳立刻关闭了"海狼号"上的通信系统,进行无线电静默,防止被红狮军团侦察到。她这样做的确起到了防敌侦察的作用,但是也带来了弊端,那就是没有收到乔治发出的信号。

乔治正在海底研究所中大声地呼叫:"布鲁克,布鲁克!"可是,任他喊破了嗓子,"海狼号"中的布鲁克也收不到一点儿声音。

"老板,通信中断,我无法联系到'海狼号'上的蓝狼军团。"乔治焦急地对克罗斯说。

"完了,完了!"

克罗斯的脑袋嗡了一声,一种不祥的预感席卷而来。克罗斯绝不是一名简单的商人,他还是一名曾经参加过

海湾战争的退伍老兵。

克罗斯最喜欢看，而且看了许多遍的书就是《孙子兵法》。他知道《孙子兵法》中强调用兵之道贵在一个"诈"字。而现在，他们就被狡诈的敌人欺骗了。

乔治又尝试与布鲁克进行了多次联系，但都以失败告终。克罗斯虽然已经猜到这是红狮军团的引蛇出洞之计，但却无能为力。他不愧是一个内心强大的老狐狸，在几分钟的焦虑之后便恢复了镇静，并对乔治说："做好执行X方案的准备。"

索菲亚听得一头雾水，靠近乔治低声问："X方案是什么？"

"不该问的不要问。"乔治只是冷冷地说了这么一句话。

索菲亚忐忑不安，她的心里充满了矛盾。对克罗斯了解越多，索菲亚的担心也越来越多。她怕克罗斯发射核导弹，更害怕他使用地震武器引发海啸。

其实，索菲亚之所以背叛红狮军团也有难言之隐。她爱慕虚荣，但还没有到达为了虚荣而出卖良心的地步。索菲亚之所以这样做的真正原因是，她有一位身患绝症

的老父亲。治疗父亲的病已经花掉了她所有的积蓄,她还为此借下了高额的债务。就在她悲观无助的时候,克罗斯乘虚而入,将她所有的债务还清,而且将她的父亲送进了最好的医院。

这一切都是克罗斯预谋好的,他早就命令乔治跟踪红狮军团,从中找出一位能够拉拢的人。就这样,索菲亚被克罗斯慢慢地收买了。最初,索菲亚有一种负罪感,后来她觉得克罗斯最多是一位不法的商人,帮助他对付一些生意上的对手,也不会对社会造成多大的危害。可是,自从真正来到克罗斯身边,索菲亚才发现克罗斯竟然是一个为了利益可以摧毁世界的魔鬼。

"不,他们绝不会原谅我的。"索菲亚在心里对自己这样说。她在告诉自己绝对没有回头路可走了。

此时,亨特他们正驾驶"红狮一号"潜艇,静静地潜伏在海豚湾,等待着大鱼上钩。劳拉全神贯注地搜索着目标,只要"海狼号"一出现,她就会立即将其锁定。

诱敌之计会起效吗?海面军舰上的詹姆斯也没有把握。他见自己接连发射了好几枚炮弹也没起作用,便开

始犯嘀咕了。不过，詹姆斯可不是轻易放弃的人。

"只要你不出来，我就不会停止射击。"詹姆斯大吼着，又搬起了一枚炮弹，推进了炮膛中。

"轰！轰——"炮声和水雷的爆炸声再次在海豚湾水域响起。

蓝狼军团听到海面上此起彼伏的爆炸声，有些沉不住气了，他们打算观望一下，于是将潜艇慢慢地向上浮动，并用潜望镜开始侦察。

"目标已经发现，是一艘小型军舰，十点钟方向，距离五十海里。"美佳将侦察到的数据大声报告着。

蓝狼军团本以为海面上有好几艘军舰，所以才不敢轻举妄动，却没想到只有一艘，而且还是一艘并不先进的小型军舰。

"真是找死！"布鲁克狂妄地说，"今天就让这艘军舰有来无回。"他决定对这艘军舰发起攻击。

雷特刚刚学会操作潜艇，正在兴头上，积极要求道："让我来发射鱼雷。"

"等等！"布鲁克阻止道，"现在距离太远，等靠近

后再进行发射。"

泰勒快速地按下了几个按钮，并拉动操作杆。"海狼号"又向下沉了几十米才静悄悄地向詹姆斯的军舰靠过去。当距离詹姆斯的军舰还有十海里的时候，布鲁克命令"海狼号"停止前进。美佳已经将这艘军舰牢牢地锁定，只要旁边的雷特按下发射按钮，一枚鱼雷就会发射而出。

"发射！"布鲁克下达命令。

雷特早就准备好了，他猛地将按钮压了下去。一枚鱼雷从发射筒里喷了出去，在海水中奋力穿行，留下了一条翻着白花的水痕。

詹姆斯并不知道鱼雷已经逼近，他还在发射炮弹。这次他刚将炮弹装进去，就感觉到军舰被什么东西狠狠地撞上了。还没来得及反应，詹姆斯便听到了一声巨响，紧接着军舰在海面上剧烈地摇晃起来。

这枚鱼雷虽然没有击中军舰的要害部位，却也将船舱打了一个洞，海水"咕咕"地涌进了船舱里。这是一艘小型军舰，按照这个灌水的速度，它坚持不了多久便会沉没了。

按照计划，詹姆斯只要将"海狼号"引出来就算完成了任务。但是，此时的詹姆斯却没有见好就收，而是继续将已经填装好的炮弹发射了出去。詹姆斯之所以不顾安危地继续战斗，是因为他担心只引诱"海狼号"发射一枚鱼雷，不能给亨特他们提供足够的信息。

詹姆斯的想法是对的，此时"红狮一号"中的人已经搜索到了"海狼号"，但是他们距离"海狼号"还有几十海里的距离。如果"海狼号"在发射完一枚鱼雷之后，立刻采取下沉规避的战术，还真有可能逃过红狮军团的攻击。

"海狼号"中，凯瑟琳已经监测到刚才发射的鱼雷击中了海面的军舰，她兴奋地报告道："这枚鱼雷命中了军舰的中部。"

"轰！"

凯瑟琳的话刚说完，海面上又炸响了一发炮弹。

"这艘军舰还挺皮实。"泰勒叫嚣着，"再给它来一发！"

"好嘞！"雷特爽快地应答道，他正没过瘾呢。

美佳一直将目标锁定，所以雷特只要再次按下发射

按钮就行了。雷特轻轻地按下了按钮。鱼雷并不会因为雷特按下按钮时用劲小了而延缓发射,它照常愤怒地从发射筒中喷射而出,朝詹姆斯的军舰射去。

詹姆斯刚刚发射完一发炮弹,正弯下腰去抱另一枚炮弹,此时鱼雷击中了军舰。一声惊天动地的巨响之后,军舰猛地向一侧倾斜过去,詹姆斯站立不稳,一下子摔倒在甲板上,咕噜噜地滚到了甲板的一侧,身体狠狠地撞到了船舷上。

"兔崽子,反击得真够快的。"詹姆斯骂道。他挣扎着要从甲板上站起来,可是身体还没站直,又一声巨响传来,同时一股热浪冲来,将他再次击倒在甲板上。

军舰发生了连环爆炸,顿时燃起了熊熊大火,处于半昏迷状态的詹姆斯命悬一线。

# 第二十四章

## 猎杀海狼

军舰在爆炸声中向海水中沉去,詹姆斯被剧烈的爆炸声震醒,一股热浪正在向他袭来。他只好纵身跳入大海,从即将沉没的军舰上成功逃脱。作为一名出色的海军陆战队中尉,詹姆斯有着丰富的作战经验,他在昏迷前就将潜水服穿在了身上,在跳入水中之后便像一只海豚一般向海豚湾游去了。

刚才"海狼号"接连对詹姆斯的军舰发射了几枚鱼雷,完全将自己的位置暴露了出来。"红狮一号"潜艇中的红狮军团已经锁定这艘邪恶的潜艇,并悄悄地向它靠近。

"全体注意,准备发起攻击。"亨特命令道。

"是!"包括巴飞特在内的所有人员齐声答道。

劳拉负责侦察和锁定目标,秦天负责发射鱼雷,朱莉负责控制航速和航向,亚历山大负责观察命中效果。

"我干什么？"巴飞特问道。

亨特忙碌地指挥着，随口答道："你只要别惹出乱子就行了。"

"噢！"巴飞特识趣地坐到一边。

劳拉已经通过雷达系统将"海狼号"牢牢锁定，同时向秦天传达道："猎物已经入网，随时可以发射。"

"明白！"秦天的手指在回答时已经将发射按钮按压下去。

雷达屏幕上不停地闪烁着一个光点，那是已经发射出去的鱼雷。光点距离"海狼号"越来越近，随后屏幕上出现了一个爆炸的图案，"海狼号"被击中了。

"海狼号"中，蓝狼军团正在欢呼雀跃，他们为摧毁了一艘红狮军团的军舰而兴奋着。突然，潜艇被狠狠地撞了一下，里面的蓝狼军团雇佣兵感觉到一阵天旋地转。

"咱们的潜艇被鱼雷击中了。"雷特反应最快。

布鲁克扶着座椅勉强才能站稳，他命令道："快准备反击。"

"海狼号"不愧是最先进的潜艇,刚才那枚鱼雷虽然对它造成了一定的威胁,但并没有对其造成致命的破坏。美佳立即搜索目标,在不足六十秒的时间内便发现了位于"海狼号"后方的"红狮一号"。

"立即准备向后发射鱼雷。"布鲁克不愧是个高效的指挥官,他第一时间下达了反击命令。

艾丽丝一把将霸占自己位置的雷特推开,准备亲自上阵。"三二一,发射!"艾丽丝倒数到一的时候,果断地按下了发射按钮。

咦!怎么回事儿?鱼雷竟然没有发射出去。"是不是发射系统出现故障了?"艾丽丝焦急地问道。

凯瑟琳仔细地观察仪表盘,回答说:"发射系统的显示正常,没有出现任何故障。"

"鱼雷没有了,你说能发射出去吗?"泰勒突然气急败坏地大吼道。在他的位置,鱼雷发射筒的显示标为红色,这说明发射筒是空的。

"雷特,刚才你到底发射了几枚鱼雷?"艾丽丝恨不

得把这小子撕了。

雷特一脸茫然:"三枚,四枚,要不就是五、六、七枚,我也记不清了。"

"混蛋,你只顾着自己痛快,竟然把鱼雷都发射出去了,这不是找死吗?"布鲁克朝着雷特就是狠狠的一个耳光。

雷特被打急了,抡起拳头就要还击。他想我虽然把鱼雷发射光了,但不是也击毁了红狮军团的一艘军舰吗?此时,潜艇的报警系统"嘀嘀嘀"地响了起来。美佳慌慌张张地报告道:"敌人又朝我们发射了一枚鱼雷。"

"快发射诱饵弹!"布鲁克惊慌地命令道。

泰勒负责潜艇的防护,他慌乱之中按下了诱饵弹的发射按钮。霎时间,从潜艇中向外发出了数不清的诱饵弹。这些诱饵弹有着神奇的功效,它们不会爆炸,更不会去攻击来袭的鱼雷,只是发出一种特殊频率的声波。大多数的鱼雷都是采用声呐探测来进行制导的,这些诱饵弹就是通过模拟潜艇发出的信号,让鱼雷真假难辨,

将这些诱饵弹误认为是潜艇，从而迷失了方向。

这一招还真灵，"红狮一号"发射的鱼雷在快靠近"海狼号"潜艇的时候突然向一侧转去，被诱饵弹吸引跑了。

"吓死我了！"艾丽丝憋了半天的气总算吐出来了。

布鲁克知道诱饵弹虽然能欺骗一次鱼雷，但并不是长久之计，如果下一枚鱼雷再袭来，他们就没有诱饵弹可以发射了。现在"海狼号"上唯一可以动用的武器就是那枚导弹了。

"全体注意，准备发射导弹攻击敌人的潜艇。"布鲁克命令道。

泰勒瞪大了眼睛看着布鲁克："你没搞错吧？用带有核弹头的导弹攻击潜艇，这不是用大炮打蚊子——太浪费了吗？"

布鲁克有些恼火："那又怎样？再不出手，咱们谁也活不了。"

"即使不在乎浪费，可是核导弹的辐射很强，整个海

豚湾都会在它的辐射之中，后果不堪设想，我们也会受到伤害的。"泰勒据理力争。

"到底谁是指挥官？"布鲁克愤怒地看着泰勒。其实，他对泰勒早就不满了，因为泰勒总是在组织中挑战他的地位。

泰勒并不示弱，同样愤怒地看着布鲁克，说道："如果指挥官指挥错误，我们可以不服从。"

"你！"布鲁克指着泰勒的鼻子，"别以为你了不起了。告诉你，这艘潜艇有着最严格的核防护措施，所以即使核导弹爆炸了，也不会对我们造成任何危害。"

泰勒还要争辩，但布鲁克已经不再给他说话的机会了，大喊道："不想死在这个活棺材里就听我的命令，快发射导弹。"

蓝狼军团的成员个个都是为了自己的利益，不顾别人死活的家伙，更不会考虑核导弹对环境和人类会造成怎样的破坏。除了泰勒跟布鲁克斗火，没有执行命令以外，其他人都各自进入战斗岗位，准备发射导弹。

"发射倒计时，10,9,8,7……3,2,1。发射！"布鲁克喊得嗓子都快破了。

"发射！"艾丽丝、美佳和凯瑟琳同时重复着这一命令，各自按下了解锁、开舱和点火按钮。

奇怪的事情发生了，尽管蓝狼军团忙得焦头烂额，但是导弹却没有任何动静。布鲁克发现在发射屏幕上显示着几个大字：请输入密码。

布鲁克简直被气疯了，克罗斯竟然给导弹加上了发射密码，更可恨的是他并没有把密码告诉蓝狼军团。这正是克罗斯的狡猾之处，他知道蓝狼军团并不是心甘情愿地听从自己的命令，而只是为了得到他的金钱，所以才设置了密码来牵制蓝狼军团。

如今，"海狼号"已经陷入了绝境，只要红狮军团再发射一枚鱼雷，这艘先进的潜艇就会和他们的主人一起毁灭在海豚湾。

# 第二十五章

## 疯狂的举动

蓝狼军团当然不会坐以待毙,反正这艘潜艇不是用他们的钱建造的,没有必要为了一个"铁壳棺材"葬送自己的性命。

"快抓紧时间逃出去。"布鲁克大吼道。

听到这声命令,蓝狼军团的雇佣兵像得到了圣旨一样,立刻不打折扣、争先恐后地抢着执行。和红狮军团特种兵曾经被击毁的"庇护号"一样,"海狼号"中的人要想逃生也必须钻进救生器从鱼雷管里发射出去。

这群家伙唯恐自己落后,抢着往救生器里钻。雷特和美佳还因为争抢救生器差点儿大打出手,幸亏布鲁克一声大吼才制止了他们。从这一点上看,蓝狼军团和红狮军团有着天壤之别。

其他的蓝狼军团雇佣兵都已经钻进救生器,各自进

入了鱼雷发射管。布鲁克在按下延迟发射按钮之后，自己也钻进了救生器，闭上眼睛静静地等待着被发射出去的那一刻。突然间，布鲁克感觉到救生器被狠狠地撞击了一下，然后便加速度从鱼雷管里射了出去。救生器进入海水中，由于本身没有持续的动力，所以在海水的摩擦力作用下快速下降，最终停了下来。虽然救生器在海水中的水平运动停止了，但是它却在浮力的作用下向海面快速上升。没多久，一个个救生器就浮出了水面，像漂浮在海面的一叶叶小舟随波起伏着。

海水中传来一声巨响，海面剧烈地震动着，产生了不小的水浪。布鲁克挣扎着打开救生器，从里面探出头来，他知道刚才的响声表明"海狼号"已经被彻底摧毁了。

在海面下的"红狮一号"潜艇中，亨特和他的战友们振臂高呼，终于报了一箭之仇。可是，他们高兴得太早了，因为战斗还没有结束，而且将会变得更加残酷。

克罗斯已经料到了蓝狼军团会中了红狮军团的计谋，于是他决定执行丧心病狂的X方案。在他的吩咐下，乔

治和索菲亚跟随着弗兰克教授进入了一间密室。

"乔治，我首先要说明Ｘ方案的危险性，它的破坏力是难以想象的。"弗兰克教授有些担忧地说。

乔治突然掏出手枪，将冰冷的枪口顶在了弗兰克教授的腰上，阴森地说："你不用解释，我早知道Ｘ方案的危害，但老板的命令必须执行。"

弗兰克教授吓得浑身发抖，他知道秀才遇到兵是有理也说不清的。他用颤抖的双手开始启动眼前的一个复杂的控制系统。

索菲亚盯着弗兰克教授的动作，不知道这个所谓的Ｘ方案到底是一个如何可怕的攻击计划，弱弱地问："乔治，你能告诉我什么是Ｘ方案吗？"

乔治本是一个冷酷无情之人，只对自己的老板忠心耿耿，可是自从索菲亚加入之后，他似乎发生了一些微妙的变化。没错，乔治无法抗拒索菲亚那天使般的脸庞，所以对她会心甘情愿地多说一些事情。

"所谓Ｘ方案就是一个毁灭性的攻击计划，只有当老

板的生命和财富遭到绝对威胁的时候才会启动。"乔治解释道,"三号油井其实是一个伪装成油井的导弹发射井,而这间绝密的控制室则是控制导弹发射的控制室。X方案就是从这里控制三号油井发射核导弹,攻击对手的要害,令其不战而退。"

索菲亚听得心惊肉跳,她追问道:"那发射的导弹是核导弹吗?"

乔治点点头:"当然,要不怎么会产生足够的威慑力呢!"

导弹发射系统已经完全启动了,弗兰克教授只要输入攻击目标的坐标,这枚载着核弹头的导弹就会从大洋上升起,飞到几百甚至几千千米以外的地方,对其进行毁灭性的打击。

乔治按照克罗斯的指示命令道:"快输入M国民主广场的坐标。"

索菲亚以为自己听错了,克罗斯的对手明明是红狮军团,可是他为什么要把攻击的目标定位在M国的民主

广场呢?

"不,乔治,民主广场上都是平民,攻击他们并不会起到作用。"索菲亚劝说道。

"这是老板的命令,我不能更改。"

弗兰克教授并没有执行命令,因为他就是M国人,他可以助纣为虐,但绝不愿出卖自己的国家。

当然,克罗斯绝不会平白无故地攻击M国。他之所以这样做,是因为M国一直是红狮军团的幕后支持者,为其提供大量的资金。如今,他要对M国发动毁灭性的袭击,就是想通过这一手段逼红狮军团屈服。

看到弗兰克教授迟迟不肯输入数据,乔治有些不耐烦了,大吼道:"快输入啊!"同时,他用枪狠狠地顶了弗兰克一下。

弗兰克教授的手抖得更厉害了,此时此刻他的手指就是一把屠刀,而且是一把可能屠杀千千万万自己国家国民的屠刀。他在暗骂自己当初为何为了金钱帮助克罗斯做这些伤天害理的事情,到了最后受害的还是自己和

自己的国家。

最终，弗兰克教授还是按照乔治的命令，输入了M国民主广场的坐标。一枚核导弹启动了，用不了多久它就会自动升入三号油井的发射架，点火升空。

在海面上，跳入海中的詹姆斯看到了惊心动魄的一幕。他看到一枚核导弹缓缓地钻出了水面，正在向一座油井架上升起。詹姆斯是何等聪明的人，他马上就猜到了那座油井架其实是导弹发射架。于是，他一边奋力地向导弹升起的地方游去，一面呼叫："亨特，海面上升起了一枚导弹。"

"红狮一号"潜艇中，刚刚取得胜利的亨特等人还沉浸在喜悦之中。听到詹姆斯的呼叫，亨特马上意识到了事态的严重性，立即询问："请报告具体的方位？"

詹姆斯为难了，因为在茫茫的海面上他根本无法辨别方向，只看到了矗立在海中的一座座石油钻井。他焦急地答道："我也说不清，反正就在一座石油钻井的位置。"

亨特心急如焚，立即命令道："快浮出水面，看个

究竟。"

在"红狮一号"浮出水面之前,秦天已经从潜望镜中捕捉到了导弹升起的位置,但他却无法判断出导弹的操作控制室在哪里。潜艇的舱盖被打开了,红狮军团的特种兵争相爬到了潜艇的脊背上,就连瘸着腿的亨特也探出了头。

"三号油井,那里是三号油井的位置。"说话的人是巴飞特。

大家惊喜地看着巴飞特,没想到这次带他来还真的派上用场了。亚历山大一把揪住巴飞特的衣领问:"你知道核导弹的控制室在哪里吗?"

"我现在和你们已经是一伙的了,干什么还这样对我?"巴飞特用力挣脱亚历山大。

"我太激动了。"亚历山大又一把抓住巴飞特的手说,"快告诉我们。"

"我也不知道。"巴飞特的回答令大家失望,"不过——"巴飞特的话音拉得很长,好像想起了什么。

# 第二十六章 以死赎罪

亚历山大快急疯了,他瞪着巴飞特问道:"不过什么呀?你快说!"

巴飞特眼睛一亮,说:"不过,也许我能猜到导弹的控制室在哪里。你们快穿好潜水服,跟我来!"

巴飞特没时间解释,大家也没有时间去问。除了亨特之外,其他人都迅速地穿好潜水服,随巴飞特跳入了海中。亨特之所以没有跳入海中,一是因为他的腿部受伤行动不便,二是因为他要驾驶潜艇做好最坏的打算——一旦核导弹升入发射井,进入发射状态,他就会驾驶潜艇朝三号油井撞去。

此时,詹姆斯正在竭尽全力地游向三号油井,想爬到油井上去想办法阻止导弹的发射。

在海面上,从"海狼号"中逃脱出来的蓝狼军团雇

佣兵也看到了核导弹升起的这一幕。他们正处在极度的纠结之中,不知道该何去何从。

"咱们还是撤吧!"最终美佳说出了大家的心里话。

布鲁克马上顺势说道:"看来克罗斯要不惜一切代价与红狮军团决战了。咱们留在这里搞不好会成为陪葬品,还是走为上策吧。"

艾丽丝也跟着应和道:"克罗斯就是拿咱们当棋子使,竟然还不相信咱们,将导弹加了密码,害得咱们差点儿命丧深海。"

"那还等什么?撤吧!"泰勒一声大喊。

蓝狼军团向海面上的一艘小艇游去,准备驾驶它离开海豚湾。

在海面下,巴飞特正带领着秦天、亚历山大、朱莉和劳拉奋力地游着,虽然他们不知道巴飞特要把他们带向哪里,但是他们彻底相信了巴飞特,把他当成了自己人。

巴飞特绝不是毫无目的地在海里乱游,他已经猜到了导弹控制室的位置。这是因为巴飞特曾经是克罗斯手

下一名非常得力的水手,几乎是克罗斯走到哪里他就跟到哪里。所以,巴飞特知道三号油井并非普通的油井,因为那里从来没有产过油。而且,巴飞特看到过克罗斯带着乔治,好几次从三号油井附近潜到海下,好像有什么不可告人的秘密。

巴飞特据此推断出了核导弹的控制室就在三号油井附近的海面下。红狮军团和巴飞特距离三号油井越来越近,透过潜水眼镜,最前面的巴飞特看到了水中的一座房屋,兴奋地朝身后的人挥了挥手。

红狮军团的特种兵喜出望外,全力向这座房子游去。游到房子的跟前,他们都愣住了,因为根本找不到房子的入口。亚历山大的急性子哪里管得了那么多,铆足了力气朝房子的墙壁撞去。不可思议的事情发生了,其他人看到亚历山大竟然从墙壁穿了过去,而且墙上没有留下任何痕迹。

秦天断定这墙一定藏有玄机,于是也朝墙撞去。当秦天进入屋子的时候,他简直被惊呆了,这里果然是一

个海底研究所。海底研究所中的人见有不认识的人闯进来，纷纷拿起武器朝秦天和亚历山大开枪。两个人各自向左右翻滚躲到了实验台的后面，并举枪还击。朱莉、劳拉和巴飞特也随后冲了进来，幸亏有秦天和亚历山大的掩护，否则他们非受伤不可。

枪声惊动了正在里面一间屋子里闭目养神的克罗斯，他并没有冲出来看个究竟，而是径直朝控制室跑去。在控制室中，乔治正在监督弗兰克教授进行最后的操作。而此时，在海面上，导弹已经升上了三号油井的发射架。詹姆斯游到了三号油井的下面，双手抓住钢架开始向上爬。

"红狮一号"潜艇中的亨特从潜望镜中看到了詹姆斯的鲁莽行为，急忙呼叫："詹姆斯，你要小心！"

"放心，我的命大，死不了。"詹姆斯像蜘蛛侠一样快速地在油井架上攀爬，很快便爬到了导弹发射架的位置。

"该死，怎样才能破坏导弹的发射呢？"詹姆斯一头雾水，甚至用拳头狠狠地朝导弹砸去，结果换来的只是手痛。

亨特真为詹姆斯捏了一把汗，如果此时导弹点火发射，詹姆斯必定会被导弹喷出的火焰烧成灰烬。詹姆斯自然也知道导弹喷出的火焰有几千度的高温，但此时他已经把生死置之度外了。

按照常理，导弹进入发射架后早该点火发射了。可是，这枚装有核弹头的导弹却迟迟没有升空，这是因为弗兰克教授的缘故。

"弗兰克，快启动导弹的发射程序。"克罗斯推开门冲了进来。

弗兰克教授的手在不停地抖动，他正进行着激烈的思想斗争。乔治已经恼火了，他抡起手枪朝着弗兰克的脑袋狠狠地砸了下去。顿时，鲜血从弗兰克教授的头上流出，顺着鬓角流淌了下来。

弗兰克教授是脆弱的，他屈服了。他在操作系统中输入了一连串的代码，核导弹的发射程序已经启动。程序界面跳出了一个输入密码的对话框，这是发射前的最后一道程序。这道密码只有克罗斯才知道，他走到操作

台前，在键盘上接连按下了几个符号。正当他要按下倒数第二个密码符号时，控制室的门被撞开了，朱莉冲了进来。

乔治抬手就是一枪，差点儿就击中了朱莉的头部。克罗斯的手并没有停下来，他已经又输入了一个密码符号，只要再输入最后一位密码，导弹就会喷火发射了。

"索菲亚，你不能一错再错了。"突然，朱莉朝克罗斯身边的索菲亚大喊了一声。

刚才，索菲亚的大脑一直处于空白状态，她不知道自己到底是不是该继续帮克罗斯做坏事。朱莉这声大喊将她唤醒了，索菲亚一把抓住了克罗斯的手，大喊道："住手！"

"你要干什么？"克罗斯愤怒地瞪着索菲亚，"别忘了谁是你老板！"

"我已经错了一次，不能继续错下去了。"索菲亚用力将克罗斯的手从键盘上掰开，"从现在起我不再听你的命令。"

"砰！"

一声枪响过后，索菲亚倒在了血泊之中，她用自己的命赎回了自己曾经犯下的罪。乔治的手枪枪口还在冒着烟，是他一枪杀了索菲亚。虽然乔治曾经对索菲亚产生过爱慕之情，但他对克罗斯的忠心还是驱使他亲手杀死了这位背叛者。

"索菲亚！"

朱莉发出了悲痛的喊声。但她并没有朝乔治开枪，而是朝克罗斯发射了子弹，因为克罗斯正在输入发射导弹的密码，所以必须阻止他。

子弹击中了克罗斯的手臂，在他的手指刚刚接触到最后一位密码的时刻阻止了他。这时，劳拉也冲进了屋里，她接连朝乔治开了几枪，枪枪命中他的要害。连中数枪的乔治颤抖着倒在了地上，结束了恶犬一般的生命。

克罗斯想用另一只手去输入密码，却被朱莉的凌空一脚踹倒在地。克罗斯从地上爬起来，一只手抓起操作室中的一根铁棍朝朱莉砸来。朱莉向侧面一闪，铁棍砸

在了控制台上,冒起了一阵火花。没等朱莉还击,克罗斯的铁棍又横扫了过来。眼看着铁棍就要抡到朱莉的身上了,劳拉果断地朝克罗斯开了一枪。

这一枪并没打算要克罗斯的命,所以只打中了他拿着铁棍的手。"当啷"一声响,铁棍落在了地上,克罗斯的双手都受伤了。

朱莉转身一脚狠狠地踢到克罗斯的胸口,将他踢得一屁股坐在了地上。此时,亚历山大和秦天已经解决掉了外面的人,也冲进了控制室。见到受伤倒在地上的克罗斯和已经被砸毁的控制台,他们悬着的心这才落了回去。

"克罗斯,你的阴谋没有得逞,是不是很不爽?"秦天问道。

克罗斯哼了一声,答道:"胜者为王败者寇,还有什么好说的。"

亚历山大将缩在角落里瑟瑟发抖的弗兰克教授揪出来,说道:"像你们这些为了金钱而助纣为虐的家伙,都

会遭到法庭的审判。"

一场激烈的海底战斗结束了,核导弹在最后一秒才被解除危险。爬到三号油井架上的詹姆斯还不知道海底下发生的事情,仍在想尽办法破坏导弹的发射架。当秦天和他的战友们拉着俘获的克罗斯和弗兰克教授出现在水面的时候,潜艇中的亨特和井架上的詹姆斯都长长地出了一口气。

克罗斯和弗兰克都将接受国际法庭的审判,也许他们的下半生都将在监狱中度过。红狮军团原谅了已经死去的索菲亚,她曾犯过错,但她最终也为此付出了生命的代价。

有一个人最高兴,他就是詹姆斯。亨特信守诺言,同意詹姆斯加入了他的战斗小队。在以后的战斗中,詹姆斯将与他们并肩作战。